MW00737381

COLLECTION FOLIO

Voltaire

Le Monde comme il va

et autres contes

Édition établie
par Frédéric Deloffre et Jacques Van den Heuvel

Gallimard

Ces contes sont extraits de *Zadig et autres contes*
(Folio n° 2347).

Né à Paris le 21 novembre 1694, François Marie Arouet est le cinquième enfant d'un notaire. Après la mort de sa mère, le jeune Arouet, enfant brillant et éveillé, suit des études chez les Jésuites de Louis-le-Grand. Dès 1712, il fréquente les salons littéraires et refuse la carrière juridique que voudrait lui imposer son père : il veut écrire et rédige quelques couplets sur le Régent qui lui valent d'être éloigné de Paris, puis enfermé un an à la Bastille ! Il se fait ensuite remarquer avec une tragédie, *Œdipe*, qui connaît un grand succès en 1718. La même année, il change de nom et devient Voltaire. Il est la coqueluche de la bonne société et la jeune reine, Marie Leszczyńska, lui ouvre les portes de la Cour. Mais il tourne en ridicule le chevalier de Rohan qui le fait bâtonner, embastiller puis exiler en Angleterre... Il y reste quelques années et découvre les charmes du commerce anglais, mais aussi un bouillonnement politique, social et économique. De retour à Paris, il recommence à écrire des comédies et des tragédies, marquées par l'influence de Shakespeare. Il fait la connaissance d'Émilie du Châtelet, une jeune femme libre, philosophe et géomètre. Leur liaison durera quinze ans. En 1733 et 1734, il publie *Lettres sur les Anglais ou Lettres philosophiques* qui provoquent un immense scandale. Il y soutient que la grandeur de l'Angleterre tient au fait que tout le monde y travaille, que rien n'est refusé au talent, que le système parlementaire rend l'arbitraire impossible en partageant le pouvoir entre le souverain et le peuple. Le Parlement condamne cet ouvrage « propre à inspirer le libertinage le plus dangereux pour la religion et l'ordre de la société civile ». Voltaire s'enfuit en Lorraine pour éviter d'être encore une fois emprisonné à la Bastille… À son retour, il se réfugie chez Mme du Châtelet à Cirey, où il mène une existence à la fois mondaine et studieuse. La parution d'un poème plein de verve, *Le Mondain*, le contraint à s'exiler quelque temps en Hollande. À la même époque, il entretient une correspondance nourrie avec Frédéric II de Prusse qu'il ne rencontrera qu'en 1740. Un de ses anciens camarades, le marquis d'Argenson, devient ministre et, profitant également de son amitié avec le duc de Richelieu, Voltaire revient à la Cour : il écrit *La Princesse de Navarre* pour le mariage du Dauphin et, rentré en grâce, il est nommé historiographe du roi en 1745 avant de devenir académicien l'année suivante. Mais sa plume ne peut être muselée et la première version de *Zadig*, parue sous le titre de *Memiron*, l'oblige à nouveau à quitter la Cour. À la mort de Mme du Châtelet, il s'installe à Berlin où il achève *Le Siècle de Louis XIV* et écrit *Micromégas* dont le héros quitte Sirius pour se former l'esprit et le cœur, se rend sur Saturne, puis sur la terre. Il voit ainsi avec des yeux neufs le monde où règnent « les préjugés ». Malheureusement, la tolérance de Frédéric II a des limites et Voltaire doit quitter la Prusse après s'être imprudemment moqué de Maupertuis, le président de l'Académie de Berlin. Interdit de séjour à Paris, il s'installe en Suisse, près de Lausanne, avec sa nièce et maîtresse Mme Denis. En 1758, il achète le château de Ferney où se succèdent artistes, écrivains, comédiens… Son *Poème sur le désastre de Lisbonne* fait éclater son antagonisme avec Jean-Jacques Rousseau. Il rédige de nouveaux contes, comme *Candide*, en 1759, dont les chapitres brefs sont autant d'étapes dans l'apprentissage du jeune et naïf Candide. À la recherche de sa compagne, il trouvera son jardin, modeste réplique du Paradis perdu, comme le rire est le reflet du tragique. En 1762, l'affaire Calas mobilise toute son énergie. Voltaire, convaincu de son innocence, se bat pour faire réviser le procès et réhabiliter Jean Calas. Il rédige alors le *Traité sur la tolérance* dans lequel il lutte contre l'intolérance au nom de la religion naturelle. Il s'intéresse ensuite à d'autres affaires et met sa plume au service de la justice. Lassée de la vie à Ferney, Mme Denis le convainc de revenir à Paris après la mort de Louis XV : il y retourne triomphalement en 1778, mais le voyage et les honneurs ont raison du vieil homme. Il meurt le 30 mai 1778. Son corps sera déposé au Panthéon en 1791 avec l'épitaphe suivante : « Il combattit les athées et les fanatiques. Il inspira la tolérance, il réclama les droits de l'homme contre la servitude de la féodalité. Poète, historien, philosophe, il agrandit l'esprit humain et lui apprit à être libre. »

Découvrez, lisez ou relisez les livres de Voltaire :

LE MONDE COMME IL VA

Vision de Babouc, écrite par lui-même

CHAPITRE I

Parmi les génies qui président aux empires du monde, Ituriel tient un des premiers rangs, et il a le département de la haute Asie. Il descendit un matin dans la demeure du Scythe Babouc, sur le rivage de l'Oxus, et lui dit : « Babouc, les folies et les excès des Perses ont attiré notre colère ; il s'est tenu hier une assemblée des génies de la haute Asie pour savoir si on châtierait Persépolis ou si on la détruirait. Va dans cette ville, examine tout ; tu reviendras m'en rendre un compte fidèle ; et je me déterminerai, sur ton rapport, à corriger la ville ou à l'exterminer. — Mais, Seigneur, dit humblement Babouc, je n'ai jamais été en Perse ; je n'y connais personne. — Tant mieux, dit l'ange, tu ne seras point partial ; tu as reçu du ciel le discernement, et j'y ajoute le don d'inspirer la confiance ; marche, regarde, écoute, observe, et ne crains rien : tu seras partout bien reçu. »

Babouc monta sur son chameau et partit avec ses serviteurs. Au bout de quelques journées, il rencontra vers les plaines de Sennaar[1] l'armée persane qui allait combattre l'armée indienne. Il s'adressa d'abord à un soldat qu'il trouva écarté. Il lui parla, et lui demanda quel était le sujet de la guerre. « Par tous les dieux, dit le soldat, je n'en sais rien. Ce n'est pas mon affaire ; mon métier est de tuer et d'être tué pour gagner ma vie ; il n'importe qui je serve. Je pourrais bien même dès demain passer dans le camp des Indiens, car on dit qu'ils donnent près d'une demi-drachme de cuivre par jour à leurs soldats de plus que nous n'en avons dans ce maudit service de Perse. Si vous voulez savoir pourquoi on se bat, parlez à mon capitaine. »

Babouc, ayant fait un petit présent au soldat, entra dans le camp. Il fit bientôt connaissance avec le capitaine, et lui demanda le sujet de la guerre. « Comment voulez-vous que je le sa-

1. Nom donné à la Babylonie dans la Bible.

che ? dit le capitaine, et que m'importe ce beau
sujet ? J'habite à deux cents lieues de Persépolis ; j'entends dire que la guerre est déclarée ;
j'abandonne aussitôt ma famille, et je vais chercher, selon notre coutume, la fortune ou la
mort, attendu que je n'ai rien à faire. – Mais
vos camarades, dit Babouc, ne sont-ils pas un
peu plus instruits que vous ? – Non, dit l'officier, il n'y a guère que nos principaux satrapes
qui savent bien précisément pourquoi on
s'égorge. »

Babouc, étonné, s'introduisit chez les géné-
raux ; il entra dans leur familiarité. L'un d'eux
lui dit enfin : « La cause de cette guerre, qui dé-
sole depuis vingt ans l'Asie, vient originairement
d'une querelle entre un eunuque d'une femme
du grand roi de Perse et un commis d'un bureau
du grand roi des Indes. Il s'agissait d'un droit qui
revenait à peu près à la trentième partie d'une da-
rique. Le premier ministre des Indes et le nôtre
soutinrent dignement les droits de leurs maîtres.
La querelle s'échauffa. On mit de part et d'autre
en campagne une armée d'un million de soldats.
Il faut recruter cette armée tous les ans de plus de
quatre cent mille hommes. Les meurtres, les in-

cendies, les ruines, les dévastations se multi-
plient ; l'univers souffre, et l'acharnement
continue. Notre premier ministre et celui des
Indes protestent souvent qu'ils n'agissent que
pour le bonheur du genre humain ; et à chaque
protestation il y a toujours quelques villes détrui-
tes et quelques provinces ravagées. »

Le lendemain, sur un bruit qui se répandit
que la paix allait être conclue, le général persan
et le général indien s'empressèrent de donner
bataille ; elle fut sanglante. Babouc en vit toutes
les fautes et toutes les abominations ; il fut témoin des manœuvres des principaux satrapes,
qui firent ce qu'ils purent pour faire battre leur
chef. Il vit des officiers tués par leurs propres
troupes ; il vit des soldats qui achevaient d'égorger leurs camarades expirants pour leur arra-
cher quelques lambeaux sanglants, déchirés et
couverts de fange. Il entra dans les hôpitaux où
l'on transportait les blessés, dont la plupart expi-
raient par la négligence inhumaine de ceux
mêmes que le roi de Perse payait chèrement
pour les secourir. « Sont-ce là des hommes,
s'écria Babouc, ou des bêtes féroces ? Ah ! je
vois bien que Persépolis sera détruite. »

Occupé de cette pensée, il passa dans le camp des Indiens. Il y fut aussi bien reçu que dans celui des Perses, selon ce qui lui avait été prédit ; mais il y vit tous les mêmes excès qui l'avaient saisi d'horreur. « Oh ! oh ! dit-il en lui-même, si l'ange Ituriel veut exterminer les Persans, il faut donc que l'ange des Indes détruise aussi les Indiens. » S'étant ensuite informé plus en détail de ce qui s'était passé dans l'une et l'autre armée, il apprit des actions de générosité, de grandeur d'âme, d'humanité, qui l'étonnèrent et le ravirent. « Inexplicables humains, s'écria-t-il, comment pouvez-vous réunir tant de bassesse et de grandeur, tant de vertus et de crimes ? »

Cependant la paix fut déclarée. Les chefs des deux armées, dont aucun n'avait remporté la victoire, mais qui pour leur seul intérêt avaient fait verser le sang de tant d'hommes, leurs semblables, allèrent briguer dans leurs cours des récompenses. On célébra la paix dans des écrits publics qui n'annonçaient que le retour de la vertu et de la félicité sur la terre. « Dieu soit loué ! dit Babouc ; Persépolis sera le séjour de l'innocence épurée ; elle ne sera point détruite, comme le voulaient ces vilains génies : courons sans tarder dans cette capitale de l'Asie. »

CHAPITRE II

Il arriva dans cette ville immense par l'ancienne entrée, qui était toute barbare et dont la rusticité dégoûtante offensait les yeux. Toute cette partie de la ville se ressentait du temps où elle avait été bâtie ; car, malgré l'opiniâtreté des hommes à louer l'antique aux dépens du moderne, il faut avouer qu'en tout genre les premiers essais sont toujours grossiers.

Babouc se mêla dans la foule d'un peuple composé de ce qu'il y avait de plus sale et de plus laid dans les deux sexes. Cette foule se précipitait d'un air hébété dans un enclos vaste et sombre. Au bourdonnement continuel, au mouvement qu'il y remarqua, à l'argent que quelques personnes donnaient à d'autres pour avoir droit de s'asseoir, il crut être dans un marché où l'on vendait des chaises de paille ; mais bientôt,

voyant que plusieurs femmes se mettaient à genoux, en faisant semblant de regarder fixement
devant elles et en regardant les hommes de côté,
il s'aperçut qu'il était dans un temple. Des voix
aigres, rauques, sauvages, discordantes, faisaient
retentir la voûte de sons mal articulés, qui faisaient le même effet que les voix des onagres
quand elles répondent, dans les plaines des Pic-
taves, au cornet à bouquin qui les appelle. Il se
bouchait les oreilles ; mais il fut prêt de se bou-
cher encore les yeux et le nez, quand il vit entrer dans ce temple des ouvriers avec des pinces
et des pelles. Ils remuèrent une large pierre, et
jetèrent à droite et à gauche une terre dont s'ex-
halait une odeur empestée ; ensuite, on vint poser
un mort dans cette ouverture, et on remit la
pierre par-dessus.

« Quoi ? s'écria Babouc, ces peuples enterrent
leurs morts dans les mêmes lieux où ils adorent
la Divinité ! Quoi ! leurs temples sont pavés de
cadavres ! Je ne m'étonne plus de ces maladies
pestilentielles qui désolent souvent Persépolis. La
pourriture des morts, et celle de tant de vivants
rassemblés et pressés dans le même lieu, est capable d'empoisonner le globe terrestre. Ah ! la vi-

laine ville que Persépolis ! Apparemment que les anges veulent la détruire pour en rebâtir une plus belle, et pour la peupler d'habitants moins malpropres et qui chantent mieux. La Providence peut avoir ses raisons ; laissons-la faire. »

CHAPITRE III

Cependant le soleil approchait du haut de sa carrière. Babouc devait aller dîner à l'autre bout de la ville chez une dame pour laquelle son mari, officier de l'armée, lui avait donné des lettres. Il fit d'abord plusieurs tours dans Persépolis ; il vit d'autres temples mieux bâtis et mieux ornés, remplis d'un peuple poli, et retentissants d'une musique harmonieuse ; il remarqua des fontaines publiques, lesquelles, quoique mal placées, frappaient les yeux par leur beauté ; des places où semblaient respirer en bronze les meilleurs rois qui avaient gouverné la Perse ; d'autres places où il entendait le peuple s'écrier : « Quand verrons-nous ici le maître que nous

chérissons ? » Il admira les ponts magnifiques
élevés sur le fleuve, les quais superbes et com-
modes, les palais bâtis à droite et à gauche, une
maison immense où des milliers de vieux soldats blessés et vainqueurs rendaient chaque jour
grâce au Dieu des armées. Il entra enfin chez la
dame qui l'attendait à dîner avec une compagnie d'honnêtes gens. La maison était propre et
ornée, le repas délicieux, la dame jeune, belle,
spirituelle, engageante, la compagnie digne
d'elle ; et Babouc disait en lui-même à tout moment : « L'ange Ituriel se moque du monde de
vouloir détruire une ville si charmante. »

CHAPITRE IV

Cependant il s'aperçut que la dame, qui avait
commencé par lui demander tendrement des
nouvelles de son mari, parlait plus tendrement
encore, sur la fin du repas, à un jeune mage[1]. Il

1. Ce « jeune mage » est un abbé.

vit un magistrat qui, en présence de sa femme, pressait avec vivacité une veuve, et cette veuve indulgente avait une main passée autour du cou du magistrat, tandis qu'elle tendait l'autre à un jeune citoyen très beau et très modeste. La femme du magistrat se leva de table la première, pour aller entretenir dans un cabinet voisin son directeur, qui arrivait trop tard, et qu'on avait attendu à dîner ; et le directeur, homme éloquent, lui parla dans ce cabinet avec tant de véhémence et d'onction que la dame avait, quand elle revint, les yeux humides, les joues enflammées, la démarche mal assurée, la parole tremblante.

Alors Babouc commença à craindre que le génie Ituriel n'eût raison. Le talent qu'il avait d'attirer la confiance le mit dès le jour même dans les secrets de la dame ; elle lui confia son goût pour le jeune mage, et l'assura que dans toutes les maisons de Persépolis il trouverait l'équivalent de ce qu'il avait vu dans la sienne. Babouc conclut qu'une telle société ne pouvait subsister ; que la jalousie, la discorde, la vengeance, devaient désoler toutes les maisons ; que les larmes et le sang devaient couler tous les jours ; que certainement les maris tueraient les galants de leurs femmes, ou en seraient tués ; et qu'enfin Ituriel faisait fort bien de détruire tout d'un coup une ville abandonnée à de continuels désastres.

CHAPITRE V

Il était plongé dans ces idées funestes, quand il se présenta à la porte un homme grave, en manteau noir, qui demanda humblement à parler au jeune magistrat. Celui-ci, sans se lever, sans le regarder, lui donna fièrement, et d'un air distrait, quelques papiers, et le congédia. Babouc demanda quel était cet homme. La maîtresse de la maison lui dit tout bas : « C'est un des meilleurs avocats de la ville ; il y a cinquante ans qu'il étudie les lois. Monsieur, qui n'a que vingt-cinq ans, et qui est satrape de loi depuis deux jours, lui donne à faire l'extrait d'un procès qu'il doit juger, qu'il n'a pas encore examiné. – Ce jeune étourdi fait sagement, dit

Babouc, de demander conseil à un vieillard ;
mais pourquoi n'est-ce pas ce vieillard qui est
juge ? – Vous vous moquez, lui dit-on, jamais
ceux qui ont vieilli dans les emplois laborieux et
subalternes ne parviennent aux dignités. Ce
jeune homme a une grande charge, parce que
son père est riche, et qu'ici le droit de rendre la
justice s'achète comme une métairie. – Ô
mœurs ! ô malheureuse ville ! s'écria Babouc,
voilà le comble du désordre ; sans doute, ceux
qui ont ainsi acheté le droit de juger vendent
leurs jugements ; je ne vois ici que des abîmes
d'iniquité. »

Comme il marquait ainsi sa douleur et sa surprise, un jeune guerrier, qui était revenu ce jour
même de l'armée, lui dit : « Pourquoi ne voulez-
vous pas qu'on achète les emplois de la robe ?
J'ai bien acheté, moi, le droit d'affronter la mort
à la tête de deux mille hommes que je com-
mande ; il m'en a coûté quarante mille dariques
d'or cette année, pour coucher sur la terre
trente nuits de suite en habit rouge, et pour re-
cevoir ensuite deux bons coups de flèche dont je
me sens encore. Si je me ruine pour servir l'empereur persan, que je n'ai jamais vu, Monsieur

le satrape de robe peut bien payer quelque chose pour avoir le plaisir de donner audience à des plaideurs. » Babouc, indigné, ne put s'empêcher de condamner dans son cœur un pays où l'on mettait à l'encan les dignités de la paix et de la guerre ; il conclut précipitamment que l'on y devait ignorer absolument la guerre et les lois, et que, quand même Ituriel n'exterminerait pas ces peuples, ils périraient par leur détestable administration.

Sa mauvaise opinion augmenta encore à l'arrivée d'un gros homme qui, ayant salué très familièrement toute la compagnie, s'approcha du jeune officier, et lui dit : « Je ne peux vous prêter que cinquante mille dariques d'or, car, en vérité, les douanes de l'empire ne m'en ont rapporté que trois cent mille cette année. » Babouc s'informa quel était cet homme qui se plaignait de gagner si peu ; il apprit qu'il y avait dans Persépolis quarante rois plébéiens qui tenaient à bail l'empire de Perse, et qui en rendaient quelque chose au monarque.

CHAPITRE VI

Après dîner il alla dans un des plus superbes temples de la ville ; il s'assit au milieu d'une troupe de femmes et d'hommes qui étaient venus là pour passer le temps. Un mage parut dans une machine élevée, qui parla longtemps du vice et de la vertu. Ce mage divisa en plusieurs parties ce qui n'avait nul besoin d'être divisé ; il prouva méthodiquement tout ce qui était clair, il enseigna tout ce qu'on savait. Il se passionna froidement, et sortit suant et hors d'haleine. Toute l'assemblée alors se réveilla et crut avoir assisté à une instruction. Babouc dit : « Voilà un homme qui a fait de son mieux pour ennuyer deux ou trois cents de ses concitoyens ; mais son intention était bonne, et il n'y a pas là de quoi détruire Persépolis. »

Au sortir de cette assemblée on le mena voir une fête publique qu'on donnait tous les jours de l'année ; c'était dans une espèce de basilique, au fond de laquelle on voyait un palais. Les plus belles citoyennes de Persépolis, les plus considérables satrapes, rangés avec ordre, formaient un

spectacle si beau que Babouc crut d'abord que
c'était là toute la fête. Deux ou trois personnes,
qui paraissaient des rois et des reines, parurent
bientôt dans le vestibule de ce palais ; leur langage était très différent de celui du peuple ; il
était mesuré, harmonieux et sublime. Personne
ne dormait, on écoutait dans un profond si-
lence, qui n'était interrompu que par les témoi-
gnages de la sensibilité et de l'admiration
publique. Le devoir des rois, l'amour de la
vertu, les dangers des passions, étaient exprimés
par des traits si vifs et si touchants que Babouc
versa des larmes. Il ne douta pas que ces héros
et ces héroïnes, ces rois et ces reines qu'il venait
d'entendre, ne fussent les prédicateurs de l'empire ; il se proposa même d'engager Ituriel à les
venir entendre, bien sûr qu'un tel spectacle le
réconcilierait pour jamais avec la ville.

Dès que cette fête fut finie, il voulut voir la
principale reine, qui avait débité dans ce beau
palais une morale si noble et si pure ; il se fit in-
troduire chez Sa Majesté ; on le mena par un
petit escalier, au second étage, dans un apparte-
ment mal meublé, où il trouva une femme mal
vêtue, qui lui dit d'un air noble et pathétique :

« Ce métier-ci ne me donne pas de quoi vivre ;
un des princes que vous avez vus m'a fait un
enfant ; j'accoucherai bientôt ; je manque d'argent, et sans argent on n'accouche point. » Babouc lui donna cent dariques d'or, en disant :
« S'il n'y avait que ce mal-là dans la ville, Ituriel
aurait tort de se tant fâcher. »

De là il alla passer sa soirée chez des marchands de magnificences inutiles. Un homme in-
telligent, avec lequel il avait fait connaissance,
l'y mena ; il acheta ce qui lui plut, et on le lui
vendit avec politesse beaucoup plus qu'il ne valait. Son ami, de retour chez lui, lui fit voir combien on le trompait. Babouc mit sur ses tablettes
le nom du marchand, pour le faire distinguer
par Ituriel au jour de la punition de la ville.
Comme il écrivait, on frappa à sa porte : c'était
le marchand lui-même qui venait lui rapporter
sa bourse, que Babouc avait laissée par mégarde
sur son comptoir. « Comment se peut-il, s'écria
Babouc, que vous soyez si fidèle et si généreux,
après n'avoir pas eu de honte de me vendre des
colifichets quatre fois au-dessus de leur valeur ?

— Il n'y a aucun négociant un peu connu
dans cette ville, lui répondit le marchand, qui ne

fût venu vous rapporter votre bourse ; mais on vous a trompé quand on vous a dit que je vous avais vendu ce que vous avez pris chez moi quatre fois plus qu'il ne vaut : je vous l'ai vendu dix fois davantage, et cela est si vrai que, si dans un mois vous voulez le revendre, vous n'en aurez pas même ce dixième. Mais rien n'est plus juste : c'est la fantaisie des hommes qui met le prix à ces choses frivoles ; c'est cette fantaisie qui fait vivre cent ouvriers que j'emploie, c'est elle qui me donne une belle maison, un char commode, des chevaux, c'est elle qui excite l'industrie, qui entretient le goût, la circulation et l'abondance. Je vends aux nations voisines les mêmes bagatelles plus chèrement qu'à vous, et par là je suis utile à l'empire. » Babouc, après avoir un peu rêvé, le raya de ses tablettes.

CHAPITRE VII

Babouc, fort incertain sur ce qu'il devait penser de Persépolis, résolut de voir les mages et les

lettrés : car les uns étudient la sagesse, et les
autres la religion ; et il se flatta que ceux-là ob-
tiendraient grâce pour le reste du peuple. Dès le
lendemain matin il se transporta dans un collège
de mages. L'archimandrite lui avoua qu'il avait
cent mille écus de rente pour avoir fait vœu de
pauvreté, et qu'il exerçait un empire assez
étendu en vertu de son vœu d'humilité ; après
quoi il laissa Babouc entre les mains d'un petit
frère, qui lui fit les honneurs.

Tandis que ce frère lui montrait les magnificences de cette maison de pénitence, un bruit se
répandit, qu'il était venu pour réformer toutes
ces maisons. Aussitôt il reçut des mémoires de
chacune d'elles ; et les mémoires disaient tous
en substance : *Conservez-nous, et détruisez toutes les*
autres. À entendre leurs apologies, ces sociétés
étaient toutes nécessaires. À entendre leurs accu-
sations réciproques, elles méritaient toutes d'être
anéanties. Il admirait comme il n'y en avait
aucune d'elles qui, pour édifier l'univers, ne
voulût en avoir l'empire. Alors il se présenta un
petit homme qui était un demi-mage ; et qui lui
dit : « Je vois bien que l'œuvre va s'accomplir :
car Zerdust est revenu sur la terre ; les petites

filles prophétisent, en se faisant donner des coups de pincettes par-devant et le fouet par-derrière[1]. Ainsi nous vous demandons votre protection contre le Grand-Lama. – Comment ! dit Babouc, contre ce pontife-roi qui réside au Tibet ? – Contre lui-même. – Vous lui faites donc la guerre, et vous levez contre lui des armées ? – Non, mais il dit que l'homme est libre, et nous n'en croyons rien ; nous écrivons contre lui de petits livres qu'il ne lit pas ; à peine a-t-il entendu parler de nous ; il nous a seulement fait condamner comme un maître ordonne qu'on échenille les arbres de ses jardins. » Babouc frémit de la folie de ces hommes qui faisaient profession de sagesse, des intrigues de ceux qui avaient renoncé au monde, de l'ambition et de la convoitise orgueilleuse de ceux qui enseignaient l'humilité et le désintéressement ; il conclut qu'Ituriel avait de bonnes raisons pour détruire toute cette engeance.

---

1. Allusion aux convulsions jansénistes ; quant au Grand-Lama, c'est le pape.

CHAPITRE VIII

Retiré chez lui, il envoya chercher des livres nouveaux pour adoucir son chagrin, et il pria quelques lettrés à dîner pour se réjouir. Il en vint deux fois plus qu'il n'en avait demandé, comme les guêpes que le miel attire. Ces parasites se pressaient de manger et de parler ; ils louaient deux sortes de personnes, les morts et eux-mêmes, et jamais leurs contemporains, excepté le maître de la maison. Si quelqu'un d'eux disait un bon mot, les autres baissaient les yeux et se mordaient les lèvres de douleur de ne l'avoir pas dit. Ils avaient moins de dissimulation que les mages, parce qu'ils n'avaient pas de si grands objets d'ambition. Chacun d'eux briguait une place de valet et une réputation de grand homme ; ils se disaient en face des choses insultantes, qu'ils croyaient des traits d'esprit. Ils avaient eu quelque connaissance de la mission de Babouc. L'un d'eux le pria tout bas d'exterminer un auteur qui ne l'avait pas assez loué il y avait cinq ans. Un autre demanda la perte d'un citoyen qui n'avait jamais ri à ses comédies. Un troisième demanda l'extinction de l'Académie, parce qu'il n'avait jamais pu parvenir à y être admis. Le repas fini, chacun d'eux s'en alla seul ; car il n'y avait pas dans toute la troupe deux hommes qui pussent se souffrir, ni même se parler ailleurs que chez les riches qui les invitaient à leur table. Babouc jugea qu'il n'y aurait pas grand mal quand cette vermine périrait dans la destruction générale.

CHAPITRE IX

Dès qu'il se fut défait d'eux, il se mit à lire quelques livres nouveaux. Il y reconnut l'esprit de ses convives. Il vit surtout avec indignation ces gazettes de la médisance, ces archives du mauvais goût, que l'envie, la bassesse et la faim ont dictées ; ces lâches satires où l'on ménage le vautour et où l'on déchire la colombe ; ces romans dénués d'imagination, où l'on voit tant de portraits de femmes que l'auteur ne connaît pas.

Il jeta au feu tous ces détestables écrits, et sortit pour aller le soir à la promenade. On le présenta à un vieux lettré qui n'était point venu grossir le nombre de ces parasites. Ce lettré fuyait toujours la foule, connaissait les hommes, en faisait usage, et se communiquait avec discrétion. Babouc lui parla avec douleur de ce qu'il avait lu et de ce qu'il avait vu.

« Vous avez lu des choses bien méprisables, lui dit le sage lettré ; mais dans tous les temps, et dans tous les pays, et dans tous les genres, le mauvais fourmille et le bon est rare. Vous avez reçu chez vous le rebut de la pédanterie, parce que, dans toutes les professions, ce qu'il y a de plus indigne de paraître est toujours ce qui se présente avec le plus d'impudence. Les véritables sages vivent entre eux retirés et tranquilles ; il y a encore parmi nous des hommes et des livres dignes de votre attention. » Dans le temps qu'il parlait ainsi un autre lettré les joignit ; leurs discours furent si agréables et si instructifs, si élevés au-dessus des préjugés, et si conformes à la vertu, que Babouc avoua n'avoir jamais rien entendu de pareil. « Voilà des hommes, disait-il tout bas, à qui l'ange Ituriel n'osera toucher, ou il sera bien impitoyable. »

Raccommodé avec les lettrés, il était toujours en colère contre le reste de la nation. « Vous êtes étranger, lui dit l'homme judicieux qui lui parlait ; les abus se présentent à vos yeux en foule, et le bien, qui est caché et qui résulte quelquefois de ces abus même, vous échappe. » Alors il apprit que parmi les lettrés il y en avait quelques-uns qui n'étaient pas envieux, et que parmi les mages mêmes il y en avait de vertueux. Il conçut à la fin que ces grands corps, qui semblaient en se choquant préparer leurs communes ruines, étaient au fond des institutions salutaires ; que chaque société de mages était un frein à ses rivales ; que si ces émules différaient dans quelques opinions, ils enseignaient tous la même morale, qu'ils instruisaient le peuple et qu'ils vivaient soumis aux lois, semblables aux précepteurs qui veillent sur le fils de la maison tandis que le maître veille sur eux-mêmes. Il en pratiqua plusieurs, et vit des âmes célestes. Il apprit même que parmi les fous qui prétendaient faire la guerre au Grand-Lama il y avait eu de très grands hommes. Il soupçonna enfin qu'il pourrait bien en être des mœurs de Persépolis comme des édifices, dont les uns lui avaient paru

dignes de pitié, et les autres l'avaient ravi en admiration.

CHAPITRE X

Il dit à son lettré : « Je connais très bien que
ces mages que j'avais cru si dangereux sont en
effet très utiles, surtout quand un gouvernement
sage les empêche de se rendre trop nécessaires ;
mais vous m'avouerez au moins que vos jeunes
magistrats, qui achètent une charge de juge dès
qu'ils ont appris à monter à cheval, doivent éta-
ler dans les tribunaux tout ce que l'impertinence
a de plus ridicule et tout ce que l'iniquité a de
plus pervers ; il vaudrait mieux sans doute donner ces places gratuitement à ces vieux juriscon-
sultes qui ont passé toute leur vie à peser le
pour et le contre. »

Le lettré lui répliqua : « Vous avez vu notre
armée avant d'arriver à Persépolis ; vous savez
que nos jeunes officiers se battent très bien,
quoiqu'ils aient acheté leurs charges ; peut-être

verrez-vous que nos jeunes magistrats ne jugent pas mal, quoiqu'ils aient payé pour juger. »

Il le mena le lendemain au grand tribunal, où l'on devait rendre un arrêt important. La cause était connue de tout le monde. Tous ces vieux avocats qui en parlaient étaient flottants dans leurs opinions : ils alléguaient cent lois, dont aucune n'était applicable au fond de la question ; ils regardaient l'affaire par cent côtés, dont aucun n'était dans son vrai jour ; les juges décidèrent plus vite que les avocats ne doutèrent. Leur jugement fut presque unanime ; ils jugèrent bien, parce qu'ils suivaient les lumières de la raison, et les autres avaient opiné mal, parce qu'ils n'avaient consulté que leurs livres.

Babouc conclut qu'il y avait souvent de très bonnes choses dans les abus. Il vit dès le jour même que les richesses des financiers, qui l'avaient tant révolté, pouvaient produire un effet excellent ; car, l'empereur ayant eu besoin d'argent, il trouva en une heure, par leur moyen, ce qu'il n'aurait pas eu en six mois par les voies ordinaires ; il vit que ces gros nuages, enflés de la rosée de la terre, lui rendaient en pluie ce qu'ils en recevaient. D'ailleurs les enfants de ces hommes nouveaux, souvent mieux élevés que ceux des familles plus anciennes, valaient quelquefois beaucoup mieux ; car rien n'empêche qu'on ne soit un bon juge, un brave guerrier, un homme d'État habile, quand on a eu un père bon calculateur.

CHAPITRE XI

Insensiblement Babouc faisait grâce à l'avidité du financier, qui n'est pas au fond plus avide que les autres hommes, et qui est nécessaire. Il excusait la folie de se ruiner pour juger et pour se battre, folie qui produit de grands magistrats et des héros. Il pardonnait à l'envie des lettrés, parmi lesquels il se trouvait des hommes qui éclairaient le monde ; il se réconciliait avec les mages ambitieux et intrigants, chez lesquels il y avait plus de grandes vertus encore que de petits vices ; mais il lui restait bien des griefs, et surtout les galanteries des dames, et les désolations qui en devaient être la suite, le remplissaient d'inquiétude et d'effroi.

Comme il voulait pénétrer dans toutes les conditions humaines, il se fit mener chez un ministre ; mais il tremblait toujours en chemin que quelque femme ne fût assassinée en sa présence par son mari. Arrivé chez l'homme d'État, il resta deux heures dans l'antichambre sans être annoncé, et deux heures encore après l'avoir été. Il se promettait bien, dans cet intervalle, de recommander à l'ange Ituriel et le ministre et ses insolents huissiers. L'antichambre était remplie de dames de tout étage, de mages de toutes couleurs, de juges, de marchands, d'officiers, de pédants ; tous se plaignaient du ministre. L'avare et l'usurier disaient : « Sans doute cet homme-là pille les provinces » ; le capricieux lui reprochait d'être bizarre ; le voluptueux disait : « Il ne songe qu'à ses plaisirs » ; l'intrigant se flattait de le voir bientôt perdu par une cabale ; les femmes espéraient qu'on leur donnerait bientôt un ministre plus jeune.

Babouc entendait leurs discours ; il ne put s'empêcher de dire : « Voilà un homme bien heureux ; il a tous ses ennemis dans son antichambre, il écrase de son pouvoir ceux qui l'envient ; il voit à ses pieds ceux qui le détestent. »

Il entra enfin : il vit un petit vieillard courbé sous le poids des années et des affaires, mais encore vif et plein d'esprit.

Babouc lui plut, et il parut à Babouc un homme estimable. La conversation devint intéressante. Le ministre lui avoua qu'il était un homme très malheureux ; qu'il passait pour riche, et qu'il était pauvre ; qu'on le croyait tout-puissant, et qu'il était toujours contredit ; qu'il n'avait guère obligé que des ingrats, et que, dans un travail continuel de quarante années, il avait eu à peine un moment de consolation. Babouc en fut touché, et pensa que si cet homme avait fait des fautes, et si l'ange Ituriel voulait le punir, il ne fallait pas l'exterminer, mais seulement lui laisser sa place.

CHAPITRE XII

Tandis qu'il parlait au ministre entre brusquement la belle dame chez qui Babouc avait dîné. On voyait dans ses yeux et sur son front les symptômes de la douleur et de la colère. Elle éclata en reproches contre l'homme d'État ; elle versa des larmes ; elle se plaignit avec amertume de ce qu'on avait refusé à son mari une place où sa naissance lui permettait d'aspirer, et que ses services et ses blessures méritaient ; elle s'exprima avec tant de force, elle mit tant de grâces dans ses plaintes, elle détruisit les objections avec tant d'adresse, elle fit valoir les raisons avec tant d'éloquence, qu'elle ne sortit point de la chambre sans avoir fait la fortune de son mari.

Babouc lui donna la main. « Est-il possible, madame, lui dit-il, que vous vous soyez donné toute cette peine pour un homme que vous n'aimez point, et dont vous avez tout à craindre ? – Un homme que je n'aime point ? s'écria-t-elle. Sachez que mon mari est le meilleur ami que j'aie au monde, qu'il n'y a rien que je ne lui sacrifie, hors mon amant, et qu'il ferait tout pour moi, hors de quitter sa maîtresse. Je veux vous la faire connaître ; c'est une femme charmante, pleine d'esprit et du meilleur caractère du monde ; nous soupons ensemble ce soir avec mon mari et mon petit mage : venez partager notre joie. »

La dame mena Babouc chez elle. Le mari, qui était enfin arrivé plongé dans la douleur, revit sa femme avec des transports d'allégresse et de reconnaissance ; il embrassait tour à tour sa femme, sa maîtresse, le petit mage et Babouc. L'union, la gaieté, l'esprit et les grâces furent l'âme de ce repas. « Apprenez, lui dit la belle dame chez laquelle il soupait, que celles qu'on appelle quelquefois de malhonnêtes femmes ont presque toujours le mérite d'un très honnête homme ; et, pour vous en convaincre, venez demain dîner avec moi chez la belle Téone. Il y a quelques vieilles vestales qui la déchirent ; mais elle fait plus de bien qu'elles toutes ensemble. Elle ne commettrait pas une légère injustice pour le plus grand intérêt ; elle ne donne à son amant que des conseils généreux ; elle n'est occupée que de sa gloire ; il rougirait devant elle s'il avait laissé échapper une occasion de faire du bien ; car rien n'encourage plus aux actions vertueuses que d'avoir pour témoin et pour juge de sa conduite une maîtresse dont on veut mériter l'estime. »

Babouc ne manqua pas au rendez-vous. Il vit une maison où régnaient tous les plaisirs ;

Téone régnait sur eux ; elle savait parler à chacun son langage. Son esprit naturel mettait à son aise celui des autres ; elle plaisait sans presque le vouloir ; elle était aussi aimable que bienfaisante ; et, ce qui augmentait le prix de toutes ses bonnes qualités, elle était belle.

Babouc, tout Scythe et tout envoyé qu'il était d'un génie, s'aperçut que, s'il restait encore à Persépolis, il oublierait Ituriel pour Téone. Il s'affectionnait à la ville, dont le peuple était poli, doux et bienfaisant, quoique léger, médisant et plein de vanité. Il craignait que Persépolis ne fût condamnée ; il craignait même le compte qu'il allait rendre.

Voici comme il s'y prit pour rendre ce compte. Il fit faire par le meilleur fondeur de la ville une petite statue composée de tous les métaux, des terres et des pierres les plus précieuses et les plus viles ; il la porta à Ituriel : « Casserez-vous, dit-il, cette jolie statue, parce que tout n'y est pas or et diamants ? » Ituriel entendit à demi-mot ; il résolut de ne pas même songer à corriger Persépolis, et de laisser aller *le monde comme il va.* Car, dit-il, *si tout n'est pas bien, tout est passable.* On laissa donc subsister Persépolis ; et

Babouc fut bien loin de se plaindre, comme Jonas qui se fâcha de ce qu'on ne détruisait pas Ninive. Mais, quand on a été trois jours dans le corps d'une baleine, on n'est pas de si bonne humeur que quand on a été à l'opéra, à la comédie, et qu'on a soupé en bonne compagnie.

POT-POURRI

CHAPITRE I

Brioché fut le père de Polichinelle, non pas son propre père, mais père de génie. Le père de Brioché était Guillot Gorju, qui fut fils de Gilles, qui fut fils de Gros-René, qui tirait son origine du prince des sots, et de la mère sotte ; c'est ainsi que l'écrit l'auteur de l'*Almanach de la foire*. M. Parfaict, écrivain non moins digne de foi, donne pour père à Brioché Tabarin, à Tabarin Gros-Guillaume, à Gros-Guillaume Jean-Boudin, mais en remontant toujours au prince des sots. Si ces deux historiens se contredisent, c'est une preuve de la vérité du fait pour le P. Daniel, qui les concilie avec une merveilleuse sagacité, et qui détruit par là le pyrrhonisme de l'histoire.

CHAPITRE II

Comme je finissais ce premier paragraphe des cahiers de Merry Hissing[1] dans mon cabinet, dont la fenêtre donne sur la rue Saint-Antoine, j'ai vu passer les syndics des apothicaires, qui allaient saisir des drogues et du vert-de-gris que les jésuites de la rue Saint-Antoine vendaient en contrebande ; mon voisin M. Husson, qui est une bonne tête, est venu chez moi, et m'a dit : « Mon ami, vous riez de voir les jésuites vilipendés ; vous êtes bien aise de savoir qu'ils sont convaincus d'un parricide en Portugal[2], et d'une rébellion au Paraguay ; le cri public qui s'élève en France contre eux, la haine qu'on leur porte, les opprobres multipliés dont ils sont couverts, semblent être pour vous une consolation ; mais sachez que, s'ils sont perdus comme tous les honnêtes gens le désirent, vous n'y gagnerez

1. En anglais, « joyeux persifleur ».
2. Allusion à un attentat contre Joseph 1er qui servit de prétexte à l'expulsion des Jésuites du Portugal.

rien : vous serez accablé par la faction des jansénistes. Ce sont des enthousiastes féroces, des âmes de bronze, pires que les presbytériens qui renversèrent le trône de Charles Ier. Songez que les fanatiques sont plus dangereux que les fripons. On ne peut jamais faire entendre raison à un énergumène ; les fripons l'entendent. »

Je disputai longtemps contre M. Husson ; je lui dis enfin : Monsieur, consolez-vous ; peut-être que les jansénistes seront un jour aussi adroits que les jésuites. » Je tâchai de l'adoucir ; mais c'est une tête de fer qu'on ne fait jamais changer de sentiment.

CHAPITRE III

Brioché, voyant que Polichinelle était bossu par-devant et par-derrière, lui voulut apprendre à lire et à écrire. Polichinelle, au bout de deux ans, épela assez passablement ; mais il ne put jamais parvenir à se servir d'une plume. Un des écrivains de sa vie remarque qu'il essaya un jour d'écrire son nom, mais que personne ne put le lire.

Brioché était fort pauvre ; sa femme et lui n'avaient pas de quoi nourrir Polichinelle, encore moins de quoi lui faire apprendre un métier. Polichinelle leur dit : « Mon père et ma mère, je suis bossu, et j'ai de la mémoire ; trois ou quatre de mes amis, et moi, nous pouvons établir des marionnettes ; je gagnerai quelque argent ; les hommes ont toujours aimé les marionnettes ; il y a quelquefois de la perte à en vendre de nouvelles, mais aussi il y a de grands profits. »

M. et Mme Brioché admirèrent le bon sens du jeune homme ; la troupe se forma, et elle alla établir ses petits tréteaux dans une bourgade suisse, sur le chemin d'Appenzell à Milan[1].

C'était justement dans ce village que les charlatans d'Orviète avaient établi le magasin de leur orviétan. Ils s'aperçurent qu'insensiblement la canaille allait aux marionnettes, et qu'ils vendaient dans le pays la moitié moins de savonnet-

---

1. Dans l'allégorie, Appenzell est Nazareth et Milan peut-être Jéricho.

tes et d'onguent pour la brûlure. Ils accusèrent Polichinelle de plusieurs mauvais déportements, et portèrent leurs plaintes devant le magistrat. La requête disait que c'était un ivrogne dangereux ; qu'un jour il avait donné cent coups de pied dans le ventre, en plein marché, à des paysans qui vendaient des nèfles.

On prétendit aussi qu'il avait molesté un marchand de coqs d'Inde ; enfin, ils l'accusèrent d'être sorcier. M. Parfaict, dans son *Histoire du théâtre*, prétend qu'il fut avalé par un crapaud ; mais le P. Daniel pense, ou du moins parle autrement. On ne sait pas ce que devint Brioché. Comme il n'était que le père putatif de Polichinelle, l'historien n'a pas jugé à propos de nous dire de ses nouvelles.

CHAPITRE IV

Feu M. Dumarsais assurait que le plus grand des abus était la vénalité des charges. « C'est un grand malheur pour l'État, disait-il, qu'un homme de mérite, sans fortune, ne puisse parvenir à rien. Que de talents enterrés, et que de sots en place ! Quelle détestable politique d'avoir éteint l'émulation ! » M. Dumarsais, sans y penser, plaidait sa propre cause ; il a été réduit à enseigner le latin, et il aurait rendu de grands services à l'État s'il avait été employé. Je connais des barbouilleurs de papier qui eussent enrichi une province s'ils avaient été à la place de ceux qui l'ont volée. Mais, pour avoir cette place, il faut être fils d'un riche qui vous laisse de quoi acheter une charge, un office, et ce qu'on appelle *une dignité*.

Dumarsais assurait qu'un Montagne, un Charron, un Descartes, un Gassendi, un Bayle, n'eussent jamais condamné aux galères des écoliers soutenant thèse contre la philosophie d'Aristote, ni n'auraient fait brûler le curé Urbain Grandier, le curé Gaufrédi, et qu'ils n'eussent point, etc., etc.

CHAPITRE V

Il n'y a pas longtemps que le chevalier Roginante, gentilhomme ferrarois, qui voulait faire
une collection de tableaux de l'école flamande,
alla faire des emplettes dans Amsterdam. Il mar-
chanda un assez beau Christ chez le sieur Vandergru. « Est-il possible, dit le Ferrarois au
Batave, que, vous qui n'êtes pas chrétien (car
vous êtes hollandais), vous ayez chez vous un
Jésus ? – Je suis chrétien et catholique », répondit M. Vandergru sans se fâcher ; et il vendit
son tableau assez cher. « Vous croyez donc
Jésus-Christ Dieu ? lui dit Roginante. – Assurément », dit Vandergru.

Un autre curieux logeait à la porte attenant,
c'était un socinien ; il lui vendit une Sainte Famille. « Que pensez-vous de l'enfant ? dit le Ferrarois. – Je pense, répondit l'autre, que ce fut la
créature la plus parfaite que Dieu ait mise sur la
terre. »

De là le Ferrarois alla chez Moïse Mansebo,
qui n'avait que de beaux paysages, et point de

Sainte Famille. Roginante lui demanda pourquoi on ne trouvait pas chez lui de pareils sujets. « C'est, dit-il, que nous avons cette famille en exécration. »

Roginante passa chez un fameux anabaptiste, qui avait les plus jolis enfants du monde ; il leur demanda dans quelle église ils avaient été baptisés. « Fi donc ! Monsieur, lui dirent les enfants ; grâce à Dieu, nous ne sommes point encore baptisés. »

Roginante n'était pas au milieu de la rue qu'il avait déjà vu une douzaine de sectes entièrement opposées les unes aux autres. Son compagnon de voyage, M. Sacrito, lui dit : « Enfuyons-nous vite, voilà l'heure de la Bourse ; tous ces gens-ci vont s'égorger sans doute, selon l'antique usage, puisqu'ils pensent tous diversement ; et la populace nous assommera pour être sujets du pape. »

Ils furent bien étonnés quand ils virent toutes ces bonnes gens-là sortir de leurs maisons avec leurs commis, se saluer civilement, et aller à la Bourse de compagnie. Il y avait ce jour-là, de compte fait, cinquante-trois religions sur la place, en comptant les arméniens et les jansénistes. On fit pour cinquante-trois millions d'affaires le plus paisiblement du monde, et le Ferrarois retourna dans son pays, où il trouva plus d'*Agnus Dei* que de lettres de change.

On voit tous les jours la même scène à Londres, à Hambourg, à Dantzig, à Venise même, etc. Mais ce que j'ai vu de plus édifiant, c'est à Constantinople.

J'eus l'honneur d'assister, il y a cinquante ans, à l'installation d'un patriarche grec par le sultan Achmet III, dont Dieu veuille avoir l'âme. Il donna à ce prêtre chrétien l'anneau, et le bâton fait en forme de béquille. Il y eut ensuite une procession de chrétiens dans la rue Cléobule ; deux janissaires marchèrent à la tête de la procession. J'eus le plaisir de communier publiquement dans l'église patriarcale, et il ne tint qu'à moi d'obtenir un canonicat.

J'avoue qu'à mon retour à Marseille je fus fort étonné de ne point y trouver de mosquée. J'en marquai ma surprise à monsieur l'intendant et à monsieur l'évêque. Je leur dis que cela était fort incivil, et que si les chrétiens avaient des églises chez les musulmans on pouvait au moins faire aux Turcs la galanterie de quelques chapelles. Ils me promirent tous deux qu'ils en écriraient en cour ; mais l'affaire en demeure là, à cause de la constitution *Unigenitus.*

Ô mes frères les jésuites ! vous n'avez pas été tolérants, et on ne l'est pas pour vous. Consolez-vous ; d'autres à leur tour deviendront persécuteurs, et à leur tour ils seront abhorrés.

CHAPITRE VI

Je contais ces choses, il y a quelques jours, à M. de Boucacous, languedocien très chaud et huguenot très zélé. « *Cavalisque !* me dit-il, on nous traite donc en France comme les Turcs ; on leur refuse des mosquées, et on ne nous accorde point de temples ! – Pour des mosquées, lui dis-je, les Turcs ne nous en ont encore point demandé ; et j'ose me flatter qu'ils en obtiendront quand ils voudront, parce qu'ils sont nos bons alliés ; mais je doute fort qu'on rétablisse vos temples, malgré toute la politesse dont nous nous piquons : la raison en est que vous êtes un peu nos ennemis. – Vos ennemis ! s'écria M. de

Boucacous, nous qui sommes les plus ardents serviteurs du roi ! – Vous êtes fort ardents, lui répliquai-je, et si ardents que vous avez fait neuf guerres civiles, sans compter les massacres des Cévennes. – Mais, dit-il, si nous avons fait des guerres civiles, c'est que vous nous cuisiez en place publique ; on se lasse à la longue d'être brûlé, il n'y a patience de saint qui puisse y tenir : qu'on nous laisse en repos, et je vous jure que nous serons des sujets très fidèles. – C'est précisément ce qu'on fait, lui dis-je ; on ferme les yeux sur vous, on vous laisse faire votre commerce, vous avez une liberté assez honnête. – Voilà une plaisante liberté ! dit M. de Boucacous ; nous ne pouvons nous assembler en pleine campagne quatre ou cinq mille seulement, avec des psaumes à quatre parties, que sur-le-champ il ne vienne un régiment de dragons qui nous fait rentrer chacun chez nous. Est-ce là vivre ? est-ce là être libre ? »

Alors je lui parlai ainsi : « Il n'y a aucun pays dans le monde où l'on puisse s'attrouper sans l'ordre du souverain ; tout attroupement est contre les lois. Servez Dieu à votre mode dans vos maisons ; n'étourdissez personne par des hurlements que vous appelez *musique*. Pensez-vous que Dieu soit bien content de vous quand vous chantez ses commandements sur l'air de *Réveillez-vous, belle endormie* ? Et quand vous dites avec les Juifs, en parlant d'un peuple voisin :

> *Heureux qui doit te détruire à jamais !*
> *Qui, t'arrachant les enfants des mamelles,*
> *Écrasera leurs têtes infidèles !*

Dieu veut-il absolument qu'on écrase les cervelles des petits enfants ? Cela est-il humain ? De plus, Dieu aime-t-il les mauvais vers et la mauvaise musique ? »

M. de Boucacous m'interrompit, et me demanda si le latin de cuisine de nos psaumes valait mieux. « Non, sans doute, lui dis-je ; je conviens même qu'il y a un peu de stérilité d'imagination à ne prier Dieu que dans une traduction très vicieuse de vieux cantiques d'un peuple que nous abhorrons ; nous sommes tous juifs à vêpres, comme nous sommes tous païens à l'Opéra.

« Ce qui me déplaît seulement, c'est que les *Métamorphoses* d'Ovide sont, par la malice du démon, bien mieux écrites, et plus agréables que les cantiques juifs : car il faut avouer que cette montagne de Sion, et ces gueules de basilic, et ces collines qui sautent comme des béliers, et toutes ces répétitions fastidieuses, ne valent ni la poésie grecque, ni la latine, ni la française. Le froid petit Racine a beau faire, cet enfant dénaturé n'empêchera pas, profanement parlant, que son père ne soit un meilleur poète que David.

« Mais enfin, nous sommes la religion dominante chez nous ; il ne vous est pas permis de vous attrouper en Angleterre : pourquoi voudriez-vous avoir cette liberté en France ? Faites ce qu'il vous plaira dans vos maisons, et j'ai parole de monsieur le gouverneur et de monsieur l'intendant qu'en étant sages vous serez tranquilles : l'imprudence seule fit et fera les persécutions. Je trouve très mauvais que vos mariages, l'état de vos enfants, le droit d'héritage, souffrent la moindre difficulté. Il n'est pas juste de vous saigner et de vous purger parce que vos pères ont été malades ; mais que voulez-vous ? ce monde est un grand Bedlam où des fous enchaînent d'autres fous[1]. »

---

1. Bedlam est l'hôpital des fous de Londres.

CHAPITRE VII

Les compagnons de Polichinelle réduits à la mendicité, qui était leur état naturel, s'associèrent avec quelques bohèmes, et coururent de village en village. Ils arrivèrent dans une petite ville, et logèrent dans un quatrième étage, où ils se mirent à composer des drogues dont la vente les aida quelque temps à subsister. Ils guérirent même de la gale l'épagneul d'une dame de considération ; les voisins crièrent au prodige, mais malgré toute leur industrie la troupe ne fit pas fortune.

Ils se lamentaient de leur obscurité et de leur misère, lorsqu'un jour ils entendirent un bruit sur leur tête, comme celui d'une brouette qu'on roule sur le plancher. Ils montèrent au cinquième étage, et y trouvèrent un petit homme qui faisait des marionnettes pour son compte : il s'appelait le sieur Bienfait ; il avait tout juste le génie qu'il fallait pour son art.

On n'entendait pas un mot de ce qu'il disait ; mais il avait un galimatias fort convenable, et il

ne faisait pas mal ses bamboches[1]. Un compagnon, qui excellait aussi en galimatias, lui parla
ainsi :

« Nous croyons que vous êtes destiné à rele-
ver nos marionnettes ; car nous avons lu dans
Nostradamus ces propres paroles : *Nelle chi li po
rate icsus res fait en bi*, lesquelles prises à rebours
font évidemment : *Bienfait ressuscitera Polichinelle*.
Le nôtre a été avalé par un crapaud ; mais nous
avons retrouvé son chapeau, sa bosse, et sa pra-
tique. Vous fournirez le fil d'archal. Je crois
d'ailleurs qu'il vous sera aisé de lui faire une
moustache toute semblable à celle qu'il avait, et
quand nous serons unis ensemble, il est à croire
que nous aurons beaucoup de succès. Nous fe-
rons valoir Polichinelle par Nostradamus, et
Nostradamus par Polichinelle. »

Le sieur Bienfait accepta la proposition. On
lui demanda ce qu'il voulait pour sa peine. « Je
veux, dit-il, beaucoup d'honneurs et beaucoup
d'argent. – Nous n'avons rien de cela, dit l'ora-
teur de la troupe ; mais avec le temps on a de
tout. » Le sieur Bienfait se lia donc avec les bo-

---

1. Marionnettes de grande taille.

hèmes, et tous ensemble allèrent à Milan établir leur théâtre, sous la protection de Mme Carminetta. On afficha que le même Polichinelle, qui avait été mangé par un crapaud du village du canton d'Appenzell, reparaîtrait sur le théâtre de Milan, et qu'il danserait avec Mme Gigogne. Tous les vendeurs d'orviétan eurent beau s'y opposer, le sieur Bienfait, qui avait aussi le secret de l'orviétan, soutint que le sien était le meilleur : il en vendit beaucoup aux femmes, qui étaient folles de Polichinelle, et il devint si riche qu'il se mit à la tête de la troupe.

Dès qu'il eut ce qu'il voulait (et que tout le monde veut), des honneurs et du bien, il fut très ingrat envers Mme Carminetta. Il acheta une belle maison vis-à-vis de celle de sa bienfaitrice, et il trouva le secret de la faire payer par ses associés. On ne le vit plus faire sa cour à Mme Carminetta ; au contraire, il voulut qu'elle vînt déjeuner chez lui, et un jour qu'elle daigna y venir il lui fit fermer la porte au nez, etc.

CHAPITRE VIII

N'ayant rien entendu au précédent chapitre de Merry Hissing, je me transportai chez mon ami M. Husson, pour lui en demander l'explication. Il me dit que c'était une profonde allégorie sur le P. La Valette, marchand banqueroutier d'Amérique ; mais que d'ailleurs il y avait longtemps qu'il ne s'embarrassait plus de ces sottises, qu'il n'allait jamais aux marionnettes ; qu'on jouait ce jour-là *Polyeucte*, et qu'il voulait l'entendre. Je l'accompagnai à la comédie.

M. Husson, pendant le premier acte, branlait toujours la tête. Je lui demandai dans l'entracte pourquoi sa tête branlait tant. « J'avoue, dit-il, que je suis indigné contre ce sot Polyeucte et contre cet impudent Néarque. Que diriez-vous d'un gendre de M. le gouverneur de Paris, qui serait huguenot, et qui, accompagnant son beau-père le jour de Pâques à Notre-Dame, irait mettre en pièces le ciboire et le calice, et donner des coups de pied dans le ventre à monsieur l'archevêque et aux chanoines ? Serait-il bien justifié, en nous disant que nous sommes des idolâtres ; qu'il l'a entendu dire au sieur Lubolier, prédicant d'Amsterdam, et au sieur Morfyé, compilateur à Berlin, auteur de la *Bibliothèque germanique*, qui le tenait du prédicant Urieju ? C'est là le fidèle portrait de la conduite de Polyeucte. Peut-on s'intéresser à ce plat fanatique, séduit par le fanatique Néarque ? »

M. Husson me disait ainsi son avis amicalement dans les entractes. Il se mit à rire quand il vit Polyeucte résigner sa femme à son rival ; et il la trouva un peu bourgeoise quand elle dit à son amant qu'elle va dans sa chambre, au lieu d'aller avec lui à l'église :

> *Adieu, trop vertueux objet, et trop charmant ;*
> *Adieu, trop généreux et trop parfait amant ;*
> *Je vais seule en ma chambre enfermer*
>   *mes regrets.*

Mais il admira la scène où elle demande à son amant la grâce de son mari.

« Il y a là, dit-il, un gouverneur d'Arménie qui est bien le plus lâche, le plus bas des hommes ; ce père de Pauline avoue même qu'il a les sentiments d'un coquin :

Polyeucte est ici l'appui de ma famille ;
Mais si par son trépas l'autre épousait ma fille,
J'acquerrais bien par là de plus puissants
  appuis,
Qui me mettraient plus haut cent fois
  que je ne suis.

« Un procureur au Châtelet ne pourrait guère ni penser, ni s'exprimer autrement. Il y a de bonnes âmes qui avalent tout cela ; je ne suis pas du nombre. Si ces pauvretés peuvent entrer dans une tragédie du pays des Gaules, il faut brûler l'*Œdipe* des Grecs. »

M. Husson est un rude homme. J'ai fait ce que j'ai pu pour l'adoucir ; mais je n'ai pu en venir à bout. Il a persisté dans son avis, et moi dans le mien.

CHAPITRE IX

Nous avons laissé le sieur Bienfait fort riche et fort insolent. Il fit tant par ses menées qu'il fut reconnu pour entrepreneur d'un grand nombre de marionnettes. Dès qu'il fut revêtu de cette dignité, il fit promener Polichinelle dans toutes les villes, et afficha que tout le monde serait tenu de l'appeler *Monsieur* ; sans quoi il ne jouerait point. C'est de là que, dans toutes les représentations des marionnettes, il ne répond jamais à son compère que quand le compère l'appelle M. Polichinelle. Peu à peu Polichinelle devint si important qu'on ne donna plus aucun spectacle sans lui payer une rétribution, comme les Opéras des provinces en payent une à l'Opéra de Paris.

Un jour, un de ses domestiques, receveur des billets et ouvreur de loges, ayant été cassé aux gages, se souleva contre Bienfait, et institua d'autres marionnettes qui décrièrent toutes les danses de Mme Gigogne et tous les tours de passe-passe de Bienfait. Il retrancha plus de cinquante ingrédients qui entraient dans l'orviétan, composa le sien de cinq ou six drogues, et, le vendant beaucoup meilleur marché, il enleva une infinité de pratiques à Bienfait, ce qui excita un furieux procès, et on se battit longtemps à la porte des marionnettes, dans le préau de la foire.

CHAPITRE X

M. Husson me parlait hier de ses voyages : en effet, il a passé plusieurs années dans les Échelles du Levant ; il est allé en Perse ; il a demeuré longtemps dans les Indes, et a vu toute l'Europe. « J'ai remarqué, me disait-il, qu'il y a un nombre prodigieux de Juifs qui attendent le Messie, et qui se feraient empaler plutôt que de convenir qu'il est venu. J'ai vu mille Turcs persuadés que Mahomet avait mis la moitié de la lune dans sa manche. Le petit peuple, d'un bout du monde à l'autre, croit fermement les choses les plus absurdes. Cependant, qu'un phi-

losophe ait un écu à partager avec le plus imbécile de ces malheureux, en qui la raison
humaine est si horriblement obscurcie, il est sûr
que s'il y a un sou à gagner l'imbécile l'emportera sur le philosophe. Comment des taupes, si
aveugles sur le plus grand des intérêts, sont-
elles lynx sur les plus petits ? Pourquoi le
même Juif qui vous égorge le vendredi ne vou-
drait-il pas voler un liard le jour du sabbat ?
Cette contradiction de l'espèce humaine mérite
qu'on l'examine.

— N'est-ce pas, dis-je à M. Husson, que les
hommes sont superstitieux par coutume, et co-
quins par instinct ?

— J'y rêverai, me dit-il ; cette idée me paraît
assez bonne. »

CHAPITRE XI

Polichinelle, depuis l'aventure de l'ouvreur
des loges, a essuyé bien des disgrâces. Les Anglais, qui sont raisonneurs et sombres, lui ont

préféré Shakespeare ; mais ailleurs ses farces ont été fort en vogue, et, sans l'Opéra-Comique, son théâtre était le premier des théâtres. Il a eu de grandes querelles avec Scaramouche et Arlequin, et on ne sait pas encore qui l'emportera. Mais…

CHAPITRE XII

« Mais, mon cher monsieur, disais-je, comment peut-on être à la fois si barbare et si drôle ? Comment, dans l'histoire d'un peuple, trouve-t-on à la fois la Saint-Barthélemy et les *Contes* de La Fontaine, etc. ? Est-ce l'effet du climat ? Est-ce l'effet des lois ?

– Le genre humain, répondit M. Husson, est capable de tout. Néron pleura quand il fallut signer l'arrêt de mort d'un criminel, joua des farces, et assassina sa mère. Les signes font des tours extrêmement plaisants, et étouffent leurs petits. Rien n'est plus doux, plus timide qu'une levrette ; mais elle déchire un lièvre, et baigne son long museau dans son sang.

– Vous devriez, lui dis-je, nous faire un beau livre qui développât toutes ces contradictions.

– Ce livre est tout fait, dit-il ; vous n'avez qu'à regarder une girouette ; elle tourne tantôt au doux souffle du zéphyr, tantôt au vent violent du nord : voilà l'homme. »

CHAPITRE XIII

Rien n'est souvent plus convenable que d'aimer sa cousine. On peut aussi aimer sa nièce ; mais il en coûte dix-huit mille livres, payables à Rome, pour épouser une cousine, et quatre-vingt mille francs pour coucher avec sa nièce en légitime mariage.

Je suppose quarante nièces par an, mariées avec leurs oncles, et deux cents cousins et cousines conjoints : cela fait en sacrements six millions huit cent mille livres par an, qui sortent du royaume. Ajoutez-y environ six cent mille francs pour ce qu'on appelle *les annates des terres de France*[1], que le roi de France donne à des Français en bénéfices ; joignez-y encore quelques menus frais : c'est environ huit millions quatre cent mille livres que nous donnons libéralement au Saint-Père par chacun an. Nous exagérons peut-être un peu ; mais on conviendra que si nous avons beaucoup de cousines et de nièces jolies, et si la mortalité se met parmi les bénéficiers, la somme peut aller au double. Le fardeau serait lourd, tandis que nous avons des vaisseaux à construire, des armées et des rentiers à payer.

Je m'étonne que, dans l'énorme quantité de livres dont les auteurs ont gouverné l'État depuis vingt ans, aucun n'ait pensé à réformer ces abus. J'ai prié un docteur de Sorbonne, de mes amis, de me dire dans quel endroit de l'Écriture on trouve que la France doive payer à Rome la somme susdite : il n'a jamais pu le trouver. J'en ai parlé à un jésuite ; il m'a répondu que cet impôt fut mis par saint Pierre sur les Gaules,

----

1. Lorsqu'un abbé recevait un *bénéfice*, il devait céder au pape la première annuité, d'où le nom d'*annate*.

dès la première année qu'il vint à Rome ; et comme je doutais que saint Pierre eût fait ce voyage, il m'en a convaincu en me disant qu'on voit encore à Rome les clefs du paradis qu'il portait toujours à sa ceinture. « Il est vrai, m'a-t-il dit, que nul auteur canonique ne parle de ce voyage de ce Simon Barjone ; mais nous avons une belle lettre de lui, datée de Babylone ; or, certainement Babylone veut dire Rome, donc vous devez de l'argent au pape quand vous épousez vos cousines. » J'avoue que j'ai été frappé de la force de cet argument.

CHAPITRE XIV

J'ai un vieux parent qui a servi le roi cinquante-deux ans. Il s'est retiré dans la haute Alsace, où il a une petite terre qu'il cultive, dans le diocèse de Porentru. Il voulut un jour faire donner le dernier labour à son champ ; la saison avançait, l'ouvrage pressait. Ses valets refusèrent le service, et dirent pour raison que c'était la fête de Sainte Barbe, la sainte la plus fêtée à Porentru. « Eh ! mes amis, leur dit mon parent, vous avez été à la messe en l'honneur de Barbe, vous avez rendu à Barbe ce qui lui appartient ; rendez-moi ce que vous me devez : cultivez mon champ, au lieu d'aller au cabaret. Sainte Barbe ordonne-t-elle qu'on s'enivre pour lui faire honneur, et que je manque de blé cette année ? » Le maître-valet lui dit : « Monsieur, vous voyez bien que je serais damné si je travaillais dans un si saint jour. Sainte Barbe est la plus grande sainte du paradis ; elle grava le signe de la croix sur une colonne de marbre avec le bout du doigt ; et du même doigt, et du même signe, elle fit tomber toutes les dents d'un chien qui lui avait mordu les fesses : je ne travaillerai point le jour de Sainte-Barbe. »

Mon parent envoya chercher des laboureurs luthériens, et son champ fut cultivé. L'évêque de Porentru l'excommunia. Mon parent en appela comme d'abus ; le procès n'est pas encore jugé. Personne assurément n'est plus persuadé que mon parent qu'il faut honorer les saints ; mais il prétend aussi qu'il faut cultiver la terre.

Je suppose en France environ cinq millions d'ouvriers, soit manœuvres, soit artisans, qui gagnent chacun, l'un portant l'autre, vingt sous par jour, et qu'on force saintement de ne rien gagner pendant trente jours de l'année, indépendamment des dimanches : cela fait cent cinquante millions de moins dans la circulation, et cent cinquante millions de moins en main-d'œuvre. Quelle prodigieuse supériorité ne doivent point avoir sur nous les royaumes voisins, qui n'ont ni sainte Barbe, ni d'évêque de Porentru ! On répondait à cette objection que les cabarets, ouverts les saints jours de fêtes, produisent beaucoup aux fermes générales. Mon parent en convenait ; mais il prétendait que c'est un léger dédommagement ; et que d'ailleurs, si on peut travailler après la messe, on peut aller au cabaret après le travail. Il soutient que cette affaire est purement de police, et point du tout épiscopale ; il soutient qu'il vaut encore mieux labourer que de s'enivrer. J'ai bien peur qu'il ne perde son procès.

CHAPITRE XV

Il y a quelques années qu'en passant par la Bourgogne avec M. Évrard que vous connaissez tous, nous vîmes un vaste palais, dont une partie commençait à s'élever. Je demandai à quel prince il appartenait. Un maçon me répondit que c'était à Mgr l'abbé de Cîteaux ; que le marché avait été fait à dix-sept cent mille livres, mais que probablement il en coûterait bien davantage.

Je bénis Dieu qui avait mis son serviteur en état d'élever un si beau monument, et de répandre tant d'argent dans le pays. « Vous moquez-vous ? dit M. Évrard ; n'est-il pas abominable que l'oisiveté soit récompensée par deux cent cinquante mille livres de rente, et que la vigilance d'un pauvre curé de campagne soit punie par une portion congrue de cent écus ? Cette inégalité n'est-elle pas la chose du monde la plus injuste et la plus odieuse ? Qu'en reviendra-t-il à l'État quand un moine sera logé dans un palais de deux millions ? Vingt familles de pauvres officiers, qui partageraient ces deux millions, auraient chacune un bien honnête, et donneraient au roi de nouveaux officiers. Les petits moines, qui sont aujourd'hui les sujets inutiles d'un de leurs moines élu par eux, deviendraient des membres de l'État au lieu qu'ils ne sont que des chancres qui le rongent. »

Je répondis à M. Évrard : « Vous allez trop loin, et trop vite ; ce que vous dites arrivera certainement dans deux ou trois cents ans ; ayez patience. – Et c'est précisément, répondit-il, parce que la chose n'arrivera que dans deux ou trois siècles que je perds toute patience ; je suis las de tous les abus que je vois : il me semble que je marche dans les déserts de la Libye, où notre sang est sucé par des insectes quand les lions ne nous dévorent pas.

« J'avais, continua-t-il, une sœur assez imbécile pour être janséniste de bonne foi, et non par esprit de parti. La belle aventure des billets de confession la fit mourir de désespoir. Mon frère avait un procès qu'il avait gagné en première instance ; sa fortune en dépendait. Je ne sais comment il est arrivé que les juges ont cessé de rendre la justice, et mon frère a été ruiné. J'ai un vieil oncle criblé de blessures, qui faisait passer ses meubles et sa vaisselle d'une province à une autre ; des commis alertes ont saisi le tout sur un petit manque de formalité ; mon oncle n'a pu payer les trois vingtièmes, et il est mort en prison. »

M. Évrard me conta des aventures de cette espèce pendant deux heures entières. Je lui dis : « Mon cher monsieur Évrard, j'en ai essuyé plus que vous ; les hommes sont ainsi faits d'un bout du monde à l'autre : nous nous imaginons que les abus ne règnent que chez nous ; nous sommes tous deux comme Astolphe et Joconde[1], qui pensaient d'abord qu'il n'y avait que leurs femmes d'infidèles ; ils se mirent à voyager, et ils trouvèrent partout des gens de leur confrérie.

– Oui, dit M. Évrard, mais ils eurent le plaisir de rendre partout ce qu'on avait eu la bonté de leur prêter chez eux.

– Tâchez, lui dis-je, d'être seulement pendant trois ans directeur de…, ou de…, ou de…, ou de…, et vous vous vengerez avec usure. »

1. Personnages de *Joconde*, conte de La Fontaine.

M. Évrard me crut : c'est à présent l'homme de France qui vole le roi, l'État et les particuliers de la manière la plus dégagée et la plus noble, qui fait la meilleure chère, et qui juge le plus fièrement d'une pièce nouvelle.

LE BLANC ET LE NOIR

Tout le monde, dans la province de Candahar, connaît l'aventure du jeune Rustan. Il était fils unique d'un mirza du pays : c'est comme qui dirait marquis parmi nous, ou baron chez les Allemands. Le mirza son père avait un bien honnête. On devait marier le jeune Rustan à une demoiselle, ou mirzasse de sa sorte. Les deux familles le désiraient passionnément. Il devait faire la consolation de ses parents, rendre sa femme heureuse et l'être avec elle.

Mais par malheur il avait vu la princesse de Cachemire à la foire de Kaboul, qui est la foire la plus considérable du monde, et incomparablement plus fréquentée que celles de Bassora et d'Astrakan ; et voici pourquoi le vieux prince de Cachemire était venu à la foire avec sa fille.

Il avait perdu les deux plus rares pièces de son trésor : l'une était un diamant gros comme le pouce, sur lequel sa fille était gravée par un art que les Indiens possédaient alors, et qui s'est perdu depuis ; l'autre était un javelot qui allait de lui-même où l'on voulait ; ce qui n'est pas une chose bien extraordinaire parmi nous, mais qui l'était à Cachemire.

Un fakir de Son Altesse lui vola ces deux bijoux ; il les porta à la princesse. « Gardez soigneusement ces deux pièces, lui dit-il ; votre destinée en dépend. » Il partit alors, et on ne le revit plus. Le duc de Cachemire, au désespoir, résolut d'aller voir à la foire de Kaboul si, de tous les marchands qui s'y rendent des quatre coins du monde, il n'y en aurait pas un qui eût son diamant et son arme. Il menait sa fille avec lui dans tous ses voyages. Elle porta son diamant bien enfermé dans sa ceinture ; mais pour le javelot, qu'elle ne pouvait si bien cacher, elle l'avait enfermé soigneusement à Cachemire dans son grand coffre de la Chine.

Rustan et elle se virent à Kaboul ; ils s'aimèrent avec toute la bonne foi de leur âge et toute la tendresse de leur pays. La princesse, pour gage de son amour, lui donna son diamant, et Rustan lui promit à son départ de l'aller voir secrètement à Cachemire.

Le jeune mirza avait deux favoris qui lui servaient de secrétaires, d'écuyers, de maîtres d'hôtel et de valets de chambre. L'un s'appelait Topaze ; il était beau, bien fait, blanc comme une Circassienne, doux et serviable comme un Arménien, sage comme un Guèbre. L'autre se nommait Ébène ; c'était un nègre fort joli, plus empressé, plus industrieux que Topaze, et qui ne trouvait rien de difficile. Il leur communiqua le projet de son voyage. Topaze tâcha de l'en détourner avec le zèle circonspect d'un serviteur qui ne voulait pas lui déplaire ; il lui représenta tout ce qu'il hasardait. Comment laisser deux familles au désespoir ; comment mettre le couteau dans le cœur de ses parents ? Il ébranla Rustan ; mais Ébène le raffermit et leva tous ses scrupules.

Le jeune homme manquait d'argent pour un si long voyage. Le sage Topaze ne lui en aurait pas fait prêter ; Ébène y pourvut. Il prit adroitement le diamant de son maître, en fit faire un faux tout semblable, qu'il remit à sa place, et donna le véritable en gage à un Arménien pour quelques milliers de roupies.

Quand le marquis eut ses roupies, tout fut prêt pour le départ. On chargea un éléphant de son bagage, on monta à cheval. Topaze dit à son maître : « J'ai pris la liberté de vous faire des remontrances sur votre entreprise ; mais, après avoir remontré, il faut obéir ; je suis à vous, je vous aime, je vous suivrai jusqu'au bout du monde ; mais consultons en chemin l'oracle qui est à deux parasanges[1] d'ici. » Rustan y consentit. L'oracle répondit : *Si tu vas à l'orient, tu seras à l'occident.* Rustan ne comprit rien à cette réponse. Topaze soutint qu'elle ne contenait rien de bon. Ébène, toujours complaisant, lui persuada qu'elle était très favorable.

Il y avait encore un autre oracle dans Kaboul ; ils y allèrent. L'oracle de Kaboul répondit en ces mots : *Si tu possèdes, tu ne posséderas pas ; si tu es vainqueur, tu ne vaincras pas ; si tu es Rustan, tu ne le seras pas.* Cet oracle parut encore plus inintelligible que l'autre. « Prenez garde à vous », di-

---

1. Unité de mesure itinéraire en Perse qui vaut trois lieues de France (6 km).

sait Topaze. « Ne redoutez rien », disait Ébène, et ce ministre, comme on peut le croire, avait toujours raison auprès de son maître, dont il encourageait la passion et l'espérance.

Au sortir de Kaboul, on marcha par une grande forêt, on s'assit sur l'herbe pour manger, on laissa les chevaux paître. On se préparait à décharger l'éléphant qui portait le dîner et le service, lorsqu'on s'aperçut que Topaze et Ébène n'étaient plus avec la petite caravane. On les appelle ; la forêt retentit des noms d'Ébène et de Topaze. Les valets les cherchent de tous côtés et remplissent la forêt de leurs cris ; ils reviennent sans avoir rien vu, sans qu'on leur ait répondu. « Nous n'avons trouvé, dirent-ils à Rustan, qu'un vautour qui se battait avec un aigle, et qui lui ôtait toutes ses plumes. » Le récit de ce combat piqua la curiosité de Rustan ; il alla à pied sur le lieu ; il n'aperçut ni vautour ni aigle, mais il vit son éléphant, encore tout chargé de son bagage, qui était assailli par un gros rhinocéros. L'un frappait de sa corne, l'autre de sa trompe. Le rhinocéros lâcha prise à la vue de Rustan ; on ramena son éléphant, mais on ne trouva plus les chevaux. « Il arrive d'étranges choses dans les forêts quand on voyage ! » s'écriait Rustan. Les valets étaient consternés, et le maître au désespoir d'avoir perdu à la fois ses chevaux, son cher nègre et le sage Topaze, pour lequel il avait toujours de l'amitié, quoiqu'il ne fût jamais de son avis.

L'espérance d'être bientôt aux pieds de la belle princesse de Cachemire le consolait, quand il rencontra un grand âne rayé, à qui un rustre vigoureux et terrible donnait cent coups de bâton. Rien n'est si beau, ni si rare, ni si léger à la course que les ânes de cette espèce. Celui-ci répondait aux coups redoublés du vilain par des ruades qui auraient pu déraciner un chêne. Le jeune mirza prit, comme de raison, le parti de l'âne, qui était une créature charmante. Le rustre s'enfuit en disant à l'âne : « Tu me le payeras. » L'âne remercia son libérateur en son langage, s'approcha, se laissa caresser, et caressa. Rustan monte dessus après avoir dîné, et prend le chemin de Cachemire avec ses domestiques, qui suivent les uns à pied, les autres montés sur l'éléphant.

À peine était-il sur son âne que cet animal tourne vers Kaboul, au lieu de suivre la route de Cachemire. Son maître a beau tourner la bride, donner des saccades, serrer les genoux, appuyer des éperons, rendre la bride, tirer à lui, fouetter à droite et à gauche, l'animal opiniâtre courait toujours vers Kaboul.

Rustan suait, se démenait, se désespérait, quand il rencontra un marchand de chameaux qui lui dit : « Maître, vous avez là un âne bien malin, qui vous mène où vous ne voulez pas aller ; si vous voulez me le céder, je vous donnerai quatre de mes chameaux à choisir. » Rustan remercia la Providence de lui avoir procuré un si bon marché. « Topaze avait grand tort, dit-il, de me dire que mon voyage serait malheureux. » Il monte sur le plus beau chameau, les trois autres suivent ; il rejoint sa caravane, et se voit dans le chemin de son bonheur.

À peine a-t-il marché quatre parasanges qu'il est arrêté par un torrent profond, large et impétueux, qui roulait des rochers blanchis d'écume. Les deux rivages étaient des précipices affreux, qui éblouissaient la vue et glaçaient le courage, nul moyen de passer, nul d'aller à droite ou à gauche. « Je commence à craindre, dit Rustan, que Topaze n'ait eu raison de blâmer mon voyage, et moi grand tort de l'entreprendre, encore s'il était ici, il me pourrait donner quelques bons avis. Si j'avais Ébène, il me consolerait, et il trouverait des expédients ; mais tout me manque. » Son embarras était augmenté par la consternation de sa troupe : la nuit était noire, on la passa à se lamenter. Enfin la fatigue et l'abattement endormirent l'amoureux voyageur. Il se réveille au point du jour, et voit un beau pont de marbre élevé sur le torrent d'une rive à l'autre.

Ce furent des exclamations, des cris d'étonnement et de joie. Est-il possible ? est-ce un songe ? quel prodige ! quel enchantement ! oserons-nous passer ? Toute la troupe se mettait à genoux, se relevait, allait au pont, baisait la terre, regardait le ciel, étendait les mains, posait le pied en tremblant, allait, revenait, était en extase ; et Rustan disait : « Pour le coup le ciel me favorise. Topaze ne savait ce qu'il disait ; les oracles étaient en ma faveur ; Ébène avait raison ; mais pourquoi n'est-il pas ici ? »

À peine la troupe fut-elle au-delà du torrent que voilà le pont qui s'abîme dans l'eau avec un fracas épouvantable. « Tant mieux ! tant mieux ! s'écria Rustan ; Dieu soit loué, le ciel soit béni ! il ne veut pas que je retourne dans mon pays, où je n'aurais été qu'un simple gentilhomme ; il veut que j'épouse ce que j'aime. Je serai prince de Cachemire ; c'est ainsi qu'en *possédant* ma maîtresse, je ne *posséderai* pas mon petit marquisat à Candahar. *Je serai Rustan, et je ne le serai pas*, puisque je deviendrai un grand prince : voilà une grande partie de l'oracle expliquée nettement en ma faveur, le reste s'expliquera de même ; je suis trop heureux ; mais pourquoi Ébène n'est-il pas auprès de moi ? je le regrette mille fois plus que Topaze. »

Il avança encore quelques parasanges avec la plus grande allégresse ; mais, sur la fin du jour, une enceinte de montagnes plus roides qu'une contrescarpe et plus hautes que n'aurait été la tour de Babel si elle avait été achevée, barra entièrement la caravane saisie de crainte.

Tout le monde s'écria : « Dieu veut que nous périssions ici, il n'a brisé le pont que pour nous ôter tout espoir de retour ; il n'a élevé la montagne que pour nous priver de tout moyen d'avancer. Ô Rustan ! ô malheureux marquis ! nous ne verrons jamais Cachemire, nous ne rentrerons jamais dans la terre de Candahar. »

La plus cuisante douleur, l'abattement le plus accablant, succédaient dans l'âme de Rustan à la joie immodérée qu'il avait ressentie, aux espérances dont il s'était enivré. Il était bien loin d'interpréter les prophéties à son avantage. « Ô ciel ! ô Dieu paternel ! faut-il que j'aie perdu mon ami Topaze ! »

Comme il prononçait ces paroles en poussant de profonds soupirs et en versant des larmes au milieu de ses suivants désespérés, voilà la base de la montagne qui s'ouvre, une longue galerie en voûte, éclairée de cent mille flambeaux, se présente aux yeux éblouis ; et Rustan de s'écrier, et ses gens de se jeter à genoux, et de tomber d'étonnement à la renverse, et de crier miracle ! et de dire : « Rustan est le favori de Vitsnou, le bien-aimé de Brahma ; il sera le maître du monde. » Rustan le croyait, il était hors de lui, élevé au-dessus de lui-même. « Ah ! Ébène, mon cher Ébène ! où êtes-vous ? que n'êtes-vous témoin de toutes ces merveilles ? comment vous ai-je perdu ? belle princesse de Cachemire, quand reverrai-je vos charmes ? »

Il avance avec ses domestiques, son éléphant, ses chameaux, sous la voûte de la montagne, au bout de laquelle il entre dans une prairie émaillée de fleurs et bordée de ruisseaux ; et au bout de la prairie ce sont des allées d'arbres à perte de vue ; et au bout de ces allées, une rivière, le long de laquelle sont mille maisons de plaisance, avec des jardins délicieux. Il entend partout des concerts de voix et d'instruments ; il voit des danses ; il se hâte de passer un des ponts de la rivière ; il demande au premier homme qu'il rencontre : Quel est ce beau pays ? »

Celui auquel il s'adressait lui répondit : « Vous êtes dans la province de Cachemire ; vous voyez les habitants dans la joie et dans les plaisirs : nous célébrons les noces de notre belle princesse qui va se marier avec le seigneur Barbabou, à qui son père l'a promise ; que Dieu perpétue leur félicité ! » À ces paroles Rustan tomba évanoui, et le seigneur cachemirien crut qu'il était sujet à l'épilepsie ; il le fit porter dans sa maison, où il fut longtemps sans connaissance. On alla chercher les deux plus habiles médecins du canton ; ils tâtèrent le pouls du malade, qui, ayant repris un peu ses esprits, poussait des sanglots, roulait les yeux, et s'écriait de temps en temps : « Topaze, Topaze, vous aviez bien raison ! »

L'un des deux médecins dit au seigneur cachemirien : « Je vois à son accent que c'est un jeune homme de Candahar, à qui l'air de ce pays ne vaut rien ; il faut le renvoyer chez lui ; je vois à ses yeux qu'il est devenu fou ; confiez-le-moi, je le ramènerai dans sa patrie, et je le guérirai. » L'autre médecin assura qu'il n'était malade que de chagrin, qu'il fallait le mener aux noces de la princesse et le faire danser. Pendant qu'ils consultaient, le malade reprit ses forces ; les deux médecins furent congédiés, et Rustan demeura tête à tête avec son hôte.

« Seigneur, lui dit-il, je vous demande pardon de m'être évanoui devant vous, je sais que cela n'est pas poli ; je vous supplie de vouloir bien accepter mon éléphant en reconnaissance des bontés dont vous m'avez honoré. » Il lui conta ensuite toutes ses aventures, en se gardant bien de lui parler de l'objet de son voyage. « Mais, au nom de Vitsnou et de Brahma, lui dit-il, apprenez-moi quel est cet heureux Barbabou qui épouse la princesse de Cachemire ; pourquoi son père l'a choisi pour gendre, et pourquoi la princesse l'a accepté pour époux. – Seigneur, lui dit le Cachemirien, la princesse n'a point du tout accepté Barbabou : au contraire, elle est dans les pleurs, tandis que toute la province célèbre avec joie son mariage ; elle s'est enfermée dans la tour de son palais ; elle ne veut voir aucune des réjouissances qu'on fait pour elle. » Rustan, en entendant ces paroles, se sentit renaître ; l'éclat de ses couleurs, que la douleur avait flétries, reparut sur son visage. « Dites-moi, je vous prie, continua-t-il, pourquoi le prince de Cachemire s'obstine à donner sa fille à un Barbabou dont elle ne veut pas.

– Voici le fait, répondit le Cachemirien. Savez-vous que notre auguste prince avait perdu un gros diamant et un javelot qui lui tenaient fort au cœur ? – Ah ! je le sais très bien, dit Rustan. – Apprenez donc, dit l'hôte, que notre prince, au désespoir de n'avoir point de nouvelles de ses deux bijoux, après les avoir fait longtemps chercher par toute la terre, a promis sa fille à quiconque lui rapporterait l'un ou l'autre. Il est venu un seigneur Barbabou qui était muni du diamant, et il épouse demain la princesse. »

Rustan pâlit, bégaya un compliment, prit congé de son hôte, et courut sur son dromadaire à la ville capitale où se devait faire la cérémonie. Il arrive au palais du prince ; il dit qu'il a des choses importantes à lui communiquer ; il demande une audience ; on lui répond que le prince est occupé des préparatifs de la noce. « C'est pour cela même, dit-il, que je veux lui parler. » Il presse tant qu'il est introduit. « Monseigneur, dit-il, que Dieu couronne tous vos jours de gloire et de magnificence ! votre gendre est un fripon.

— Comment ! un fripon ? qu'osez-vous dire ? Est-ce ainsi qu'on parle à un duc de Cachemire du gendre qu'il a choisi ? — Oui, un fripon, reprit Rustan ; et, pour le prouver à Votre Altesse, c'est que voici votre diamant que je vous rapporte. »

Le duc, tout étonné, confronta les deux diamants ; et, comme il ne s'y connaissait guère, il ne put dire quel était le véritable. « Voilà deux diamants, dit-il, et je n'ai qu'une fille ; me voilà dans un étrange embarras ! » Il fit venir Barbabou et lui demanda s'il ne l'avait point trompé. Barbabou jura qu'il avait acheté son diamant d'un Arménien ; l'autre ne disait pas de qui il tenait le sien, mais il proposa un expédient : ce fut qu'il plût à Son Altesse de le faire combattre sur-le-champ contre son rival. « Ce n'est pas assez que votre gendre donne un diamant, disait-il, il faut aussi qu'il donne des preuves de valeur. Ne trouvez-vous pas bon que celui qui tuera l'autre épouse la princesse ? – Très bon, répondit le prince ; ce sera un fort beau spectacle pour la cour : battez-vous vite tous deux ; le vainqueur prendra les armes du vaincu, selon l'usage de Cachemire, et il épousera ma fille. »

Les deux prétendants descendent aussitôt dans la cour. Il y avait sur l'escalier une pie et un corbeau. Le corbeau criait : « Battez-vous, battez-vous » ; la pie : « Ne vous battez pas. » Cela fit rire le prince ; les deux rivaux y prirent garde à peine : ils commencent le combat ; tous les courtisans faisaient un cercle autour d'eux. La princesse, se tenant toujours renfermée dans sa tour, ne voulut point assister à ce spectacle ; elle était bien loin de se douter que son amant fût à Cachemire, et elle avait tant d'horreur pour Barbabou qu'elle ne voulait rien voir. Le combat se passa le mieux du monde ; Barbabou fut tué roide, et le peuple en fut charmé, parce qu'il était laid, et que Rustan était fort joli : c'est presque toujours ce qui décide de la faveur publique.

Le vainqueur revêtit la cotte de mailles, l'écharpe et le casque du vaincu, et vint, suivi de toute la cour, au son des fanfares, se présenter sous les fenêtres de sa maîtresse. Tout le monde criait : « Belle princesse, venez voir votre beau mari qui a tué son vilain rival » ; ses femmes répétaient ces paroles. La princesse mit par malheur la tête à la fenêtre, et, voyant l'armure d'un homme qu'elle abhorrait, elle courut en désespérée à son coffre de la Chine et tira le javelot fatal qui alla percer son cher Rustan au défaut de la cuirasse ; il jeta un grand cri, et à ce cri la princesse crut reconnaître la voix de son malheureux amant.

Elle descend échevelée, la mort dans les yeux et dans le cœur. Rustan était déjà tombé tout sanglant dans les bras de son père. Elle le voit : ô moment ! ô vue ! ô reconnaissance dont on ne peut exprimer ni la douleur, ni la tendresse, ni l'horreur ! Elle se jette sur lui, elle l'embrasse. « Tu reçois, lui dit-elle, les premiers et les der-

niers baisers de ton amante et de ta meur-
trière. » Elle retire le dard de la plaie, l'enfonce
dans son cœur et meurt sur l'amant qu'elle
adore. Le père, épouvanté, éperdu, prêt à mourir comme elle, tâche en vain de la rappeler à la
vie ; elle n'était plus ; il maudit ce dard fatal, le
brise en morceaux, jette au loin ces deux diamants funestes ; et tandis qu'on prépare les fu-
nérailles de sa fille au lieu de son mariage, il fait
transporter dans son palais Rustan ensanglanté
qui avait encore un reste de vie.

On le porte dans un lit. La première chose
qu'il voit aux deux côtés de ce lit de mort, c'est
Topaze et Ébène. Sa surprise lui rendit un peu
de force. « Ah ! cruels, dit-il, pourquoi m'avez-
vous abandonné ? Peut-être la princesse vivrait
encore, si vous aviez été près du malheureux
Rustan.

— Je ne vous ai pas abandonné un seul moment, dit Topaze.

— J'ai toujours été près de vous, dit Ébène.

— Ah ! que dites-vous ? pourquoi insulter à
mes derniers moments ? répondit Rustan d'une
voix languissante. — Vous pouvez m'en croire,
dit Topaze ; vous savez que je n'approuvai ja-

mais ce fatal voyage dont je prévoyais les horribles suites. C'est moi qui étais l'aigle qui a combattu contre le vautour, et qu'il a déplumée[1] ; j'étais l'éléphant qui emportait le bagage pour vous forcer à retourner dans votre patrie ; j'étais l'âne rayé qui vous ramenait malgré vous chez votre père ; c'est moi qui ai égaré vos chevaux ; c'est moi qui ai formé le torrent qui vous empêchait de passer ; c'est moi qui ai élevé la montagne qui vous fermait un chemin si funeste ; j'étais le médecin qui vous conseillait l'air natal ; j'étais la pie qui vous criait de ne point combattre. — Et moi, dit Ébène, j'étais le vautour qui a déplumé l'aigle, le rhinocéros qui donnait cent coups de corne à l'éléphant, le vilain qui battait l'âne rayé, le marchand qui vous donnait des chameaux pour courir à votre perte ; j'ai bâti le pont sur lequel vous avez passé ; j'ai creusé la caverne que vous avez traversée ; je suis le médecin qui vous encourageait à marcher, le corbeau qui vous criait de vous battre.

1. *Aigle* est souvent considéré au XVIIIe siècle comme féminin.

– Hélas ! souviens-toi des oracles, dit Topaze : *Si tu vas à l'orient, tu seras à l'occident.* – Oui, dit Ébène, on ensevelit ici les morts le visage tourné à l'occident : l'oracle était clair, que ne l'as-tu compris ? *Tu as possédé, et tu ne possédais pas* : car tu avais le diamant, mais il était faux, et tu n'en savais rien. Tu es vainqueur, et tu meurs ; tu es Rustan, et tu cesses de l'être : tout a été accompli. »

Comme il parlait ainsi, quatre ailes blanches couvrirent le corps de Topaze, et quatre ailes noires celui d'Ébène. « Que vois-je ? » s'écria Rustan. Topaze et Ébène répondirent ensemble : « Tu vois tes deux génies. – Eh ! messieurs, leur dit le malheureux Rustan, de quoi vous mêliez-vous ? et pourquoi deux génies pour un pauvre homme ? – C'est la loi, dit Topaze, chaque homme a ses deux génies, c'est Platon qui l'a dit le premier, et d'autres l'ont répété ensuite ; tu vois que rien n'est plus véritable : moi qui te parle, je suis ton bon génie, et ma charge était de veiller auprès de toi jusqu'au dernier moment de ta vie ; je m'en suis fidèlement acquitté. – Mais, dit le mourant, si ton emploi était de me servir, je suis donc d'une nature fort supérieure à la tienne ; et puis comment oses-tu dire que tu es mon bon génie, quand tu m'as laissé tromper dans tout ce que j'ai entrepris, et que tu me laisses mourir, moi et ma maîtresse, misérablement ? — Hélas ! c'était ta destinée, dit Topaze. — Si c'est la destinée qui fait tout, dit le mourant, à quoi un génie est-il bon ? Et toi, Ébène, avec tes quatre ailes noires, tu es apparemment mon mauvais génie ? — Vous l'avez dit, répondit Ébène. — Mais tu étais donc aussi le mauvais génie de ma princesse ? — Non, elle avait le sien ; et je l'ai parfaitement secondé. — Ah ! maudit Ébène, si tu es si méchant, tu n'appartiens donc pas au même maître que Topaze ? Vous avez été formés tous deux par deux principes différents, dont l'un est bon et l'autre méchant de sa nature ? — Ce n'est pas une conséquence, dit Ébène, mais c'est une grande difficulté. — Il n'est pas possible, reprit l'agonisant, qu'un être favorable ait fait un génie si funeste. — Possible ou non possible, repartit Ébène, la chose est comme je te le dis. — Hélas ! dit Topaze, mon pauvre ami, ne vois-tu pas que ce coquin-là a encore la malice de te faire disputer pour allumer ton sang et précipiter l'heure de ta mort ? — Va, je ne suis guère plus content de toi que de lui, dit le triste Rustan : il avoue du moins qu'il a voulu me faire du mal ; et toi, qui prétendais me défendre, tu ne m'as servi de rien. – J'en suis bien fâché, dit le bon génie. – Et moi aussi, dit le mourant ; il y a quelque chose là-dessous que je ne comprends pas. – Ni moi non plus, dit le pauvre bon génie. – J'en serai instruit dans un moment, dit Rustan. – C'est ce que nous verrons », dit Topaze. Alors tout disparut. Rustan se retrouva dans la maison de son père, dont il n'était pas sorti, et dans son lit, où il avait dormi une heure.

Il se réveille en sursaut, tout en sueur, tout égaré ; il se tâte, il appelle, il crie, il sonne. Son valet de chambre Topaze accourt en bonnet de nuit, et tout en bâillant.

« Suis-je mort, suis-je en vie ? s'écria Rustan ; la belle princesse de Cachemire en réchappera-t-elle ?… – Monseigneur rêve-t-il ? » répondit froidement Topaze.

– Ah ! s'écriait Rustan, qu'est donc devenu ce barbare Ébène avec ses quatre ailes noires ? C'est lui qui me fait mourir d'une mort si cruelle. – Monseigneur, je l'ai laissé là-haut qui ronfle ; voulez-vous qu'on le fasse descendre ?

– Le scélérat ! il y a six mois entiers qu'il me persécute ; c'est lui qui me mena à cette fatale foire de Kaboul ; c'est lui qui m'escamota le diamant que m'avait donné la princesse ; il est seul la cause de mon voyage, de la mort de ma princesse, et du coup de javelot dont je meurs à la fleur de mon âge.

– Rassurez-vous, dit Topaze ; vous n'avez jamais été à Kaboul ; il n'y a point de princesse de Cachemire ; son père n'a jamais eu que deux garçons qui sont actuellement au collège. Vous n'avez jamais eu de diamant ; la princesse ne peut être morte puisqu'elle n'est pas née, et vous vous portez à merveille.

– Comment ! il n'est pas vrai que tu m'assistais à la mort dans le lit du prince de Cachemire ? Ne m'as-tu pas avoué que, pour me garantir de tant de malheurs, tu avais été aigle, éléphant, âne rayé, médecin et pie ? – Monseigneur, vous avez rêvé tout cela : nos idées ne dépendent pas plus de nous dans le sommeil que dans la veille. Dieu a voulu que cette file d'idées vous ait passé par la tête, pour vous donner apparemment quelque instruction dont vous ferez votre profit.

— Tu te moques de moi, reprit Rustan ; combien de temps ai-je dormi ? — Monseigneur, vous n'avez encore dormi qu'une heure. — Eh bien ! maudit raisonneur, comment veux-tu qu'en une heure de temps j'aie été à la foire de Kaboul il y a six mois, que j'en sois revenu, que j'aie fait le voyage de Cachemire, et que nous soyons morts, Barbabou, la princesse et moi ? — Monseigneur, il n'y a rien de plus aisé et de plus ordinaire, et vous auriez pu réellement faire le tour du monde et avoir beaucoup d'aventures en bien moins de temps.

« N'est-il pas vrai que vous pouvez lire en une heure l'abrégé de l'histoire des Perses, écrite par Zoroastre ? cependant, cet abrégé contient huit cent mille années. Tous ces événements passent sous vos yeux l'un après l'autre en une heure ; or vous m'avouerez qu'il est aussi aisé à Brahma de les resserrer tous dans l'espace d'une heure que de les étendre dans l'espace de huit cent mille années ; c'est précisément la même chose. Figurez-vous que le temps tourne sur une roue dont le diamètre est infini. Sous cette roue immense sont une multitude innombrable de roues les unes dans les autres ;

celle du centre est imperceptible et fait un nombre infini de tours précisément dans le même temps que la grande roue n'en achève qu'un. Il est clair que tous les événements, depuis le commencement du monde jusqu'à sa fin, peuvent arriver successivement en beaucoup moins de temps que la cent millième partie d'une seconde ; et on peut dire même que la chose est ainsi.

– Je n'y entends rien, dit Rustan. – Si vous voulez, dit Topaze, j'ai un perroquet qui vous le fera aisément comprendre. Il est né quelque temps avant le déluge ; il a été dans l'arche ; il a beaucoup vu ; cependant il n'a encore qu'un an et demi : il vous contera son histoire qui est fort intéressante.

– Allez vite chercher votre perroquet, dit Rustan ; il m'amusera jusqu'à ce que je puisse me rendormir. – Il est chez ma sœur la religieuse, dit Topaze ; je vais le chercher, vous en serez content ; sa mémoire est fidèle, il conte simplement, sans chercher à montrer de l'esprit à tout propos et sans faire des phrases. – Tant mieux, dit Rustan, voilà comme j'aime les contes. » On lui amena le perroquet, lequel parla ainsi.

N.B. – *Mlle Catherine Vadé n'a jamais pu trouver l'histoire du perroquet dans le portefeuille de feu son cousin Antoine Vadé, auteur de ce conte. C'est grand dommage, vu le temps auquel vivait ce perroquet.*

DÉCOUVREZ LES FOLIO 2 €

Parutions d'octobre 2006

H. DE BALZAC   *Les dangers de l'inconduite*
Sous couvert d'inculquer de bons principes en donnant cette triste histoire en exemple, Balzac peint l'étonnant portrait d'un homme d'argent

COLLECTIF   *1, 2, 3... bonheur !*

Mieux qu'une cure de vitamines, lisez *1, 2, 3... bonheur !*

J. CRUMLEY   *Tout le monde peut écrire une chansons triste* et autres nouvelles

Avec une tendresse bourrue pour ses héros désespérés, James Crumley nous offre trois textes rares.

FUMIO NIWA   *L'âge des méchancetés*

Un texte féroce et dérangeant sur la vieillesse.

W. GOLDING   *L'envoyé extraordinaire*

Une histoire à l'humour débridé et fantaisiste, un conte philosophique en soi par l'auteur de *Sa Majesté des Mouches*.

P. LOTI   *Les trois dames de la Kasbah*
suivi de *Suleïma*

Homme de lettres, officier de marine et grand voyageur, Pierre Loti, dans une prose limpide, nous offre un tableau sensuel et cruel de l'Algérie française.

MARC AURÈLE   *Pensées* (Livres I-VI)

Un examen de conscience étonnamment moderne à lire et à relire.

J RHYS   *À septembre, Petronella*
suivi de *Qu'ils appellent ça du jazz*

Deux histoires de femmes malmenées par la vie dont le destin bascule au hasard d'une rencontre.

G. STEIN   *La brave Anna*

D'une plume juste et sobre, Gertrude Stein évoque la banalité du quotidien et le destin manqué d'un cœur simple.

VOLTAIRE   *Le Monde comme il va*
                           et autres contes

Avec une ironie mordante et une langue acérée, Voltaire dénonce les travers de son époque — ou est-ce de la nôtre ?

Dans la même collection

COLLECTION FOLIO

Dernières parutions

Composition Nord Compo
Impression Novoprint
à Barcelone, le 3 septembre 2006
Dépôt légal : septembre 2006

ISBN 2-07-033994-7./Imprimé en Espagne.